吸血鬼(仮)と、現実主義の旦那様

Michiru Fushino
椹野道流

CHARADE BUNKO

Illustration

金ひかる

CONTENTS

一章　新しい年が来るまでに

西の大国アングレ第三の都市、マーキス島。

かつては小さな王国であったこの島は、今は大国の庇護《ひご》のもと、観光と貿易でますます盛える好景気の地方都市である。

旧王族や、現在の議会メンバーを占める貴族、それに新たに成り上がった上級市民は高台の高級住宅地であるニュータウンに立派な邸宅を構え、貧しい人々は、橋向こうのスラム街、オールドタウンの古びた家々に身を寄せ合って暮らしている。

そんな緑豊かなニュータウンの一角、小さな噴水のある広場の近くに、周囲の大豪邸に比べれば妙にこぢんまりとした質素な屋敷があった。

マーキス島でただひとりの検死官であり、元外科医でもあるウィルフレッド・ウォッシュボーンの自宅である。

北の国出身のウィルフレッドは、数奇な運命を経てこのマーキスで検死官となり、オールドタウンでの仕事の途中、酒場で男娼《だんしょう》をしていた黒髪の少年、ハルと出会った。

出会いからして「死体と料理」が絡んでいた二人は、その後、幾多の殺人事件、そして何皿もの料理を経て、互いに深く想《おも》い合うようになった。

生まれ故郷で不幸な結婚と離婚を経験し、他者と深く関《かか》わることを避けがちなウィルフレッドであったが、流れ着いた異国のマーキスで、ようやく心から愛せる相手と出会うことができたのである。

ハルもまた、一国の王子という本当の身の上を知り、夢にまで見た故郷に帰るチャンスを手にしながらも、それよりもマーキスでウィルフレッドと共にみずから切り拓《ひら》いた道を歩むことを選んだ。

そして二人はついに、いわゆる結婚式であるところの「帯の儀」を挙げ、自他共に認める人生の伴侶《はんりょ》となったのである。

それからも、検死官ウィルフレッドと、彼の配偶者であり助手であるハルの生活には、特に変化はない。ワーカホリックな二人は、朝から晩まで仕事三昧《ざんまい》で、傍目《はため》には実に殺伐とした、忙しすぎる暮らしに見える。

それでも二人は彼らなりのやり方でゆっくりと愛を育て、着実に絆《きずな》を深めている。

そんな不器用だが心優しい「旦那様《だんなさま》と奥方様」を、屋敷の使用人たちは温かく見守り、それぞれにできることを精いっぱいして支えていた。

そして、温暖なマーキスでも時折雪がちらつくようになった冬のある日……。

ウォッシュボーン邸二階のとある部屋では、屋敷の主《あるじ》であるウィルフレッド・ウォッシュボーンが、大きな姿見の前で渋い顔をしていた。

傍らには、執事のジャスティン・フライトと、馴染《なじ》みの年老いた仕立て屋が控えている。

そう、彼は今、新しい服を仕立てるため、生地の選定と寸法の測定という、実に苦手な作業の真っ最中だった。

「おい、フライト。これは……」

「派手でございます！」

「うっ」

いつもは、地味好みのウィルフレッドが「これは派手ではないか」と言うたび、きまって「この程度、派手のうちには入りません」と反論するフライトにあっさり「派手だ」と認められ、ウィルフレッドは意表を突かれて絶句した。

そんな主のシャツの胸元に新しい布地をあてがい、伊達男《だておとこ》の執事は、加齢をまったく感じさせない優美な笑みを浮かべた。

かつては派手に浮き名を流し、挙げ句の果てに雇い主の妻との不義密通が露見してニュータウンを追われたフライトだが、公営娼館の用心棒に身を堕《お》としていたとき、高級男娼のキアランに惚《ほ》れ込み、彼のために再び堅気《かたぎ》に戻る決心をした。

今はそのキアランともども、この屋敷でウィルフレッドとハルに仕えている。

アヘンを巡る事件では、フライトは犯人の襲撃からウィルフレッドを庇《かば》い、重傷を負った。いまだに雨の日には傷痕《きずあと》が疼《うず》いて難儀しているようだが、まさに怪我《けが》の功名である。その勇気ある行動が街に知れ渡ったことで、彼の昔の汚名はすっかり濯《すす》がれた。今では、忠義の執事というだけでなく、茶葉の鑑定とブレンドの名手としても名声を轟《とどろ》かせている。

そんな自慢の執事に向かって、ウィルフレッドは咎《とが》めるような口調で抗議した。

「派手だとわかっているなら、もう少しなんとかならないか。俺の好みくらい、とっくにわかっているだろうに」

「旦那様、まさかお忘れではないでしょうね？　議長公邸で開かれる年越しの宴《うたげ》は、今年は仮面舞踏会なのですよ？」

フライトに聞き分けの悪い生徒に対するような口調でそう言われ、ウィルフレッドは少しムキになって言い返した。

「無論、覚えているとも。だが招待状には、『仮面着用にてご参加ください』としか書かれていなかったぞ。衣装の指定はなかった。目元を隠す仮面さえ適当に用意すれば、他はいつもの夜会と同様でいいんじゃないのか？　要は、正体がわからないようにして行けばいいんだろう？」

「おやおや。旦那様ともあろうお方が、何をおっしゃいますやら」

広げた布地を持ったまま、フライトは呆《あき》れ顔で背筋を伸ばした。

「少なくともこのマーキスでは、やんごとなき方々の仮面舞踏会における仮面の意義とは、正体を隠すことではございません。もともと狭い島の中、しかも議長様のお招きを受けられるとなれば、おのずと限られた方々です。仮面などつけたところで、背格好やお顔の輪郭で、たいていどなたか見当はつきましょう」

「ならば、なぜわざわざ仮面舞踏会なんだ？」

「破天荒な服装や、多少の無礼な振る舞いも、今宵《こよい》ばかりはお咎めなしにする……というのが、『仮面舞踏会』という言葉に込められた議長様のお気持ちでございますよ」

それを聞いて、ウィルフレッドはますます険しい面持ちになる。

「つまり、乱痴気騒ぎが黙認される宴ということか」

「さようで。年の暮れに皆様で楽しく羽目を外そうというのが、仮面舞踏会という言葉の本意でございます。もちろん、ちょっとした火遊びなども、その夜に限っては大目に……」

「フライト」

「ああいえ、失礼いたしました。旦那様には、そちらはまったく関係のないお話でございましたね」

仏頂面の主をごくごく控えめにからかってから、フライトは仕立て屋に視線を向けた。

「この青い布の光沢は実に美しいが、旦那様の瞳《ひとみ》のブルーとは系統が違って、あまり相性がよくないようだ。もっと別の生地を出してみてくれ」

「ふむ。でしたらばいっそ、生地自体はこのようにかなり抑えたお色目で、その代わり、玉虫色の光沢の出るものは如何《いかが》でしょうか。光が当たると虹のように輝いて美しゅうございますよ。今は日の光ですが、ロウソクの光だと、またまったく違った高貴な雰囲気になることと存じます」

仕立て屋は大きな革鞄《かわかばん》いっぱいに詰め込んだ布地の中から、いかにも高価そうな絹の生地を取り出す。

日光を受けて七色に輝く布を見て、ウィルフレッドは端整な顔を引きつらせた。

「おい、まさかそんな布を俺に着せるつもりか？　冗談も休み休み言……」

「実にいい。ただ、衣装に使うと少しくどすぎる。マントにふさわしいな」

主の言葉を容赦なく遮り、フライトは満足げにそう言った。仕立て屋も嬉《うれ》しそうに長い顎《あご》髭《ひげ》を撫《な》でながら同意する。

「本当にいいお品でございます。では上着はいっそ純白にして、こちらは小さなビーズをふんだんに縫いつけることで光を演出しては如何でございますかな。幸い、まだお日にちがありますので、そのような仕立ても可能でございますよ」

「ああ、素晴らしい思いつきだな、それは。しかし、白一色ではやや寂しくはないか？　デザイン画では、襟の縁にやはり青を加えるようになっているのだが」

「では、そこにはややシックな濃いブルーの布を別にお選びいたします。そこはお任せを」

楽しげに盛り上がる仕立て屋と執事に完全に置き去りにされたウィルフレッドは、ふてくされた子供のような顔でフライトを睨《にら》んだ。

「おい。その素《す》っ頓狂《とんきょう》な布地で仕立てられた服を着る羽目になるのは俺だぞ?」

しかしウィルフレッドの鋭い眼光に少しも怯《ひる》まず、フライトは涼しげな笑顔で答える。

「旦那様だけではございません。旦那様のものと同じ生地を使って、ハル様のお衣装も仕立てます。それぞれのお衣装に趣向は凝らしますが、共通した素材を使うことで、見る者にお二方の固い結びつきを感じさせる効果がありますから」

どうやら今回に限っては、ウィルフレッドの意見が通る可能性は万に一つもないらしい。

「お前の口ぶりからして、もう我々の衣装をどんなものにするかはおおよそ決まっているんだな?」

渋い顔のウィルフレッドに、フライトはすぐさま答える。

「はい。キアランが幾夜も悩み抜いて、お二方の衣装をデザインいたしました。そのデザインがもっとも生きる布を選ぶのが、わたしの役目というわけです」

「では、俺とハルの衣装には、それぞれどんな趣向が凝らされることになるんだ? 俺にもそのデザイン画を見せてもらいたいものだが」

ウィルフレッドは当然の権利とばかりにそう言ったが、フライトはこのときとばかりに最高の笑顔で軽く頭を下げた。いかにも芝居がかった拒否の仕草である。

「おそれながら、キアランが、それは仕上がってからのお楽しみにしたいと申しておりました。拙《つたな》いデザイン画では、旦那様を落胆させてしまうことになりかねないと」

「……詭弁《きべん》だな」

「いいえ、本心でございますよ」

主の非難めいた言葉をサラリとかわし、フライトは仕立て屋が差し出した純白の生地を広げながらこうつけ加えた。

「ハル様のお衣装は、『花の妖精』のイメージだとキアランが申しておりました」

ウィルフレッドは嫌そうな顔ながら、フライトと仕立て屋にされるがままになりつつ、眉《まゆ》をひそめた。

「花の妖精？　真冬だというのに、やけに春めいた衣装だな」

「そこが狙《ねら》いでございますよ。旦那様は北国生まれのお方。旦那様の銀色の御髪《おぐし》や、暗いブルーの瞳の色から、マーキス人は厳しい北国の冬を感じます」

「……そういうものか」

「はい。ですから、旦那様には、マーキスの古いおとぎ話に出てくる『冬の王』に扮《ふん》していただこうと」

ウィルフレッドは、ようやく興味をそそられた様子で執事に問いかけた。

「冬の王？　なんだ、それは」

「おとぎ話の中で、冬は、秋の収穫祭の賑《にぎ》わいで『冬の王』が目覚めることによって始まると言われているのです」

　フライトの返答に、ウィルフレッドは怪訝《けげん》そうな面持ちになる。

「だとすれば、寒くてつらい冬など来ぬよう、つまり冬の王を決して起こさぬように、収穫祭は静かに執り行おうと思うものではないのか？　マーキスの収穫祭は、呆れるほど盛大ではないか」

　それを聞いて、それまで黙々と布を広げたり畳んだりしていた仕立て屋が、とうとう小さく噴き出した。自分の不作法をねんごろに謝りながらも、仕立て屋はおっとりした口調でこう言った。

「確かに冬は、寒くて暗い嫌な季節ですが、ないと困るものでもありましょう。冬の王は、落とした木の葉と死なせた生き物で土を肥やします。このマーキスでも時折は雪を積もらせ、春に草木が芽吹けるよう、土を潤してもくれます。そして冬の終わりには、春の象徴である花の精を連れてきて、ご自分は長い眠りに入られるのです」

「そういうわけで、冬の王は、このマーキスでは決して嫌われ者ではありません。特に、花の精をエスコートして現れる冬の王の姿は、まさに春が訪れる瞬間、皆にとっての喜びの一瞬です。ですから、昔から好んで絵に描かれるのですよ、旦那様」

仕立て屋の話をスムーズに引き継いだフライトの追加説明に、ウィルフレッドはようやく納得した様子で小さく唸った。

「なるほど。マーキスの冬は穏やかだから、そのような優しい冬の王が存在するのだな。俺の国では、冬はただ長くて陰鬱《いんうつ》なだけだった。……そうか、新しい年を迎える夜に、花の精と共に現れる冬の王の仮装は、来たるべき春を予感させる、なかなかに縁起のいい趣向なわけだ」

「仰《おお》せのとおりです。旦那様のお衣装の布地が決まりましたら、ハル様のお衣装も、キアランとお針子たちが奮闘して最高のものを仕立てることでしょう。旦那様も冬の王として、花の精をエスコートするのにふさわしい、厳かかつ華やかな装いをしていただかねば釣り合いが取れません」

「……そう来たか」

「はい。納得していただけましたなら、生地はこれで決まりということにして、採寸にかからせましょうか」

「やれやれ。では、よろしく頼む」

納得したというよりはむしろ諦《あきら》めの境地で、ウィルフレッドは仕立て屋のために背筋をピンと伸ばした。

「失礼いたします。旦那様のお体はほとんど寸法がお変わりにならないのですが、念のため計らせていただきますね」

背中が軽く曲がった仕立て屋は、よっこいしょと大儀そうに立ち上がり、ウィルフレッドの前に低い脚立を置いた。大仰なようだが、仕立て屋が小柄でウィルフレッドが大柄なので、採寸には脚立が欠かせないのである。

仕立て屋があちこちに巻き尺を当てたり巻きつけたりするのに合わせ、微妙に姿勢を変えながら、ウィルフレッドは目の前に控えているフライトに訊《たず》ねた。

「そういえば、ハルの採寸は、今日でなくていいのか？」

「はい、奥方様のお衣装はやや複雑なデザインでございますので、今回は、女性のドレスを仕立てるお針子に頼むほうがよかろうと、キアランが申しておりました。ですから、今日、こうして布地を決めた上で、明日、お針子を呼ぶ予定でございます」

「なるほど。では、ハルは何をしている？　いつもなら、興味津々で覗《のぞ》きに来そうなものだが」

するとフライトは、やや苦々しげな表情で答えた。

「奥方様は、おそらくは厨房《ちゅうぼう》か菜園にいらっしゃるかと。新入りの料理番見習いに、色々と熱心に教え込んでおいでのようです」

「……ああ、なるほど」

ウィルフレッドは納得の面持ちで、軽い苦笑いを浮かべた。

「そう嫌がるな、フライト」

「嫌がってはおりません。ブリジットが不在の間、厨房で働く臨時雇いを探さねばならないと考えておりましたので、あれが来たおかげで手間が省けたと言えないこともございませんし」

「そのわりに、渋い顔だぞ」

「それは……。経験者を雇えばもっとスムーズだったのでしょうが、なまじ何も知らぬ子供ですので、すべてのことを一から仕込まねばなりませんから」

「お前の仕事がいたずらに増えたというわけか」

「いたずらにとは申しますまい。しかし、あれがここにいる間じゅう、目が離せないのは確かでございますね」

ごく控えめに訴えられる執事の不満に、ウィルフレッドは深いブルーの目を悪戯《いたずら》っぽく細めた。

「かつてハルを立派に教育したお前ならば、あの子供などお手の物だと思ったのだがな。ああ、そうか。あの子に時間を割く分、キアランと過ごす時間が減るのが不満か。それはゆゆしき問題だな」

「い、いいえ、そんなことは決して！」

どうやら図星だったらしい。フライトの鉄壁のすまし顔が途端に崩れる。たいていのことには余裕綽々《しゃくしゃく》の敏腕執事も、大事な恋人のこととなると平静を保てなくなるらしい。

ウィルフレッドはさっきまでの劣勢を少し挽回したことに気をよくして、口元を緩めた。

「それは思いが至らなかったな。確かにお前もキアランも、よく仕えてくれている。余分な苦労に対する埋め合わせは、おいおい考えるとしよう」

「いえ、そのようなもったいないお言葉をいただくほどのことではございません。それより、早く採寸を終わらせてしまいましょう。せっかく検死が入っていない午後なのです。たまにはゆっくり過ごしていただかねば」

いささか苦し紛れの執事の発言に、ウィルフレッドは素直に同意した。

「それはそうだな。ここしばらく忙しすぎて、せっかく取り寄せた本が未読のままだ。ハルがあの子にかかりきりなら、俺はのんびり読書でもするとしよう」

「それがよろしいかと」

恭しく一礼する執事から、ウィルフレッドは窓の外に視線を転じた。

彼の生まれ故郷では、冬の間、空には鈍色《にびいろ》の雲しか見えず、地上のすべてのものは分厚い雪に覆われる。だが今、彼の視線の先には、爽《さわ》やかに晴れ渡った青空が見えた。

朝のうちはちらほら雪が舞っていたが、今はそれもやみ、穏やかな冬の日差しが降り注いでいる。

「優しい冬の王、か」

苦笑いで呟《つぶや》き、一ヶ月後のパーティで自分が纏《まと》うことになるらしき艶《つや》やかに輝く布を見下ろして、ウィルフレッドは深い溜《た》め息《いき》をついた。

その頃ハルは、大きなバスケットを抱えた少年を従え、菜園から厨房にやってきた。

石造りのシンクに大きな琺瑯《ほうろう》引きの桶を置き、水瓶《みずがめ》の蓋《ふた》を開け、朝いちばんに汲《く》んでおいた新鮮な井戸水をたっぷりと注ぐ。

「いいか、ダグが葉もの野菜を畑から取ってきてくれたら、まずはここで綺麗《きれい》に洗う。やってみな?」

いつもより少しだけ偉そうな口調でそう言いながら、ハルは一歩横にどいた。

「はいっ」

大きく頷《うなず》いてシンクの前に立ち、バスケットからほうれん草を一抱え取り出したのは、先刻、ウィルフレッドとフライトが「あの子供」と呼んだ人物、まだ十歳の赤毛の少年、セディだった。

セディは、屋敷の料理番ブリジットの孫のひとりである。

ブリジットは先々週から持病の腰痛が悪化して娘の家で療養中なのだが、大好きな祖母が失職しては可哀想《かわいそう》だと幼い胸を痛めたセディは、家族の誰にも相談せず、五日前、家出同然の状態でウィルフレッドの屋敷にやってきたのである。

ブリジットの娘の家は、マーキス市街を囲む城壁の外側にある。そこから、野菜を市街の店に納品する馬車に頼み込んで乗せてもらい、市議会前の広場で下ろされてからは、道行く人に訊ねまくって、どうにか屋敷まで辿《たど》り着いたらしい。

大人にとっては大した距離ではないが、生まれ育った村から一歩も出たことがなかった子供にとっては、まさに大冒険である。しかも一銭も持たずに家を出たというので、よく悪人に拐《かどわ》かされたりせず無事に辿り着いたものだと、皆、胸を撫《な》で下ろした。

祖母をクビにしないでくれと涙目で訴えるセディに、ウィルフレッドは「ブリジットが望む限り、末永くここで料理番として働いてほしいと思っている。解雇するつもりはない」とはっきり伝え、彼を家に帰そうとした。

だが、幼いのに責任感がやけに強いらしい少年は、「それなら、祖母が復帰するまで、自分をここで働かせてくれ、給料なんか要《い》らない」とやけに強く主張し始めた。

ウィルフレッドは閉口し、フライトは強引に家に送り届けようとしたが、それを止めたのはハルだった。

真《ま》っ直《す》ぐでひたむきなセディの気性に、かつての自分の面影を見たのかもしれない。ブリジットが抜けて厨房の仕事が滞っているのは確かだから、料理番見習いとしてしばらく預かってみてはどうかと、ハルはウィルフレッドに進言した。

キアランも、セディのような田舎《いなか》育ちの子供が、お屋敷での仕事や使用人としての行儀作法を短期間であれ学ぶ機会を得ることは、彼の人生においてきっと役に立つと援護射撃をした。

　そこでウィルフレッドは、フライトの監督の下、仕事と勉強を両立することを条件に、ブリジットが復帰するまでセディを預かることに決めたのだ。

　ただでさえ多忙なところにさらに仕事を増やされたフライトはやや不服そうだったが、屋敷の他の人々にとって、セディの存在は歓迎すべきものとなった。

　何しろ、人の出入りが極めて少ない屋敷に新顔が来たというだけでもちょっとした楽しみなのに、それが幼い子供なのである。

　馬丁のダグは孫のように、ポーリーンは実家に預けてきた子供の代わりのように、セディの世話を焼いた。

　ハルが屋敷に初めて来たとき、フライトのお下がりの服をもらったように、ハルのお下がりはポーリーンの手によって見事に仕立て直され、セディのお仕着せとなった。

　そしてハルにとって、セディはいい弟分である。屋敷にやってきた翌日から、ハルに検死官助手の仕事が入っておらず、セディが他の仕事を言いつかっていないときを選んで、手取り足取り、厨房での仕事を教え込んでいた。

「ハル様、どうしてこのお屋敷の菜園じゃ、ほうれん草の葉っぱが、縮れてるの……じゃなかった、縮れてるんですか？」

ダグが作ってくれた木製の踏み台に乗り、濃い緑色のほうれん草の葉を両手でバチャバチャと洗いながら、セディは不思議そうにハルに訊ねた。

これまで言葉使いなど一度も気にしたことがなかったため、屋敷に来たときは家族か友達に対するような話し方しかできなかったセディだが、行儀作法の先生であるキアランの厳しい指導により、驚くほどの早さで使用人としての振る舞いを身につけつつある。

ハルは、洗い上がった葉の一枚を取って、美しいフリル状になった縁を指先でなぞりながら問い返した。

「お前の家では、冬にほうれん草は作らないのか?」

セディは戸惑い顔で首を傾《かし》げる。

「冬は、あんまし何も育てない。蕪《かぶ》くらいかな……です!」

まだまだ不自然なセディの敬語を咎めず、ハルは「そっか」と話を続けた。

「ほうれん草は、冬の冷たい風に当てると、こうして葉が縮れるんだってさ。なぜかっていうと、ダグが言うには、野菜も寒がるからだって」

「野菜が、寒がる?」

セディは、灰色のつぶらな目を丸くした。美少年とは言い難い容貌《ようぼう》だが、くるくるよく動く目と開けっぴろげな笑顔には、子供らしい素直な愛嬌《あいきょう》がある。

「そ。寒いと、葉っぱが凍って駄目になっちまうだろ。葉っぱだってそれは嫌だから、甘くなるんだってさ。甘くなった葉っぱは凍らない。俺たちが食っても旨《うま》い。だから、わざと寒い風に当てて甘くするんだってダグに昔、教わった」

「へええ……！　俺、じゃなかった僕、ここに来てよかったなあ。ちょっとの間に、凄《すご》く賢くなった気がします」

セディはやけに大人びた口調でしみじみと言った。ハルはそれを聞いて、嬉しそうに笑う。

「そうか？　ここでの生活にはだいぶ慣れたみたいだけど、つらくないか？　フライトもキアランも、厳しくないか？」

「すっごく楽しいです！　つらいことなんて、ぜんぜ……あ、いや、いえ、えっと、フライトさんと先生はちょっと怖い、かも、です」

セディの正直な答えに、ハルは声を上げて笑った。

キアランはセディに読み書きを教える係でもあるので、セディはキアランのことを「先生」と呼んでいる。

「あはは、そうだよなあ。俺もフライトにはすっげえ鍛えられた。最初の頃は、毎日怒られてたな」

「奥方様なのに⁉」

ビックリするセディに、ハルは片目をつぶってみせた。

「言ったろ、俺ももとはここの使用人だったって。お前が今暮らしてんのは、俺がここに来たときに住んでた部屋だよ」

「そういえば、フライトさんからそう教わりました！」

「ここに来た初日から、フライトにはガミガミ叱《しか》られたよ。裏口から入れ、清潔な服を着ろ、旦那様に恥をかかせないよう行儀よく振る舞え、あと色々山ほど」

「僕とおんなじこと言われてる……！」

「だろ？　フライトには、ウィルフレッドと一緒になってからだって、やっぱしごかれてる。立派な『奥方様』になれるように、いろんなことを教わってるんだ。今、いちばん大変なのは、家計簿をつけることだな」

「かけいぼ？」

「収入がいくらで、支出がいくらか。収入はウィルフレッドの稼ぎだから簡単だけど、支出は色々あるだろ？　みんなに支払う給料、食費、薪代、ロウソク代、馬の餌《えさ》、あとは服に靴に……とにかく、お金をいくら、何に使ったかを毎日ちゃんと帳簿につける。入ってくるより出るほうが多いと破産しちまうから、凄く困る」

「あ、そっか！」

「そうならないようにお金の使い道をきちんと考えるのも、奥方様の仕事だって教わったんだ。キアランにも色々教わってるぜ？　上流階級の『奥方様』としての振る舞い方、上品な食事の作法、ダンス、それに……」

それに閨《ねや》のこと……とうっかり口走りかけて、ハルは慌てて片手で口を押さえた。

何しろ、初めて肌を合わせたとき、「服を脱ぐのか？」と驚愕《きょうがく》したほど朴念仁《ぼくねんじん》のウィルフレッドである。もともとが閨のことには無頓着《むとんちゃく》なほうなのだが、ハルが理不尽な借金を背負わされ、意に染まない男娼暮らしを強いられていた時期があることを気遣い、ハルに奉仕させることを少しも望まない。

それでも、ベッドの中でウィルフレッドを悦《よろこ》ばせたいと願うハルとしては、なんの努力もしないというわけにもいかない。海千山千のキアランに教えを乞《こ》い、あまりあからさますぎないちょっとした「技」を伝授してもらったりしているのだ。

「ハル様？」

セディに不思議そうに呼ばれ、ハルはブルブルと首を振った。

「なんでもねえ。とにかく、お前が楽しいならよかった。せっかく来てるんだ、短い間でも、たくさん勉強して、たくさん楽しい思い出を作って帰ってほしいからな」

そんなハルの言葉に、セディは嬉しそうな、しかし少し困った顔をした。

「でも、ハル様。僕、ここに働きに来てるのに、勉強させてもらったり、いい服着せてもらったり、お腹《なか》いっぱい食べさせてもらったり、親切にしてもらったりして、いいのかなあって」

ハルはあっけらかんとした笑顔で頷いた。

LOVE
SEXY

「当たり前だろ。仕事は苦しくなきゃいけないなんて、つまんない考えだぞ。もちろん、一生懸命じゃなきゃ駄目だけど、楽しく働けるほうがいいに決まってる」

「あっ、そっか……そう、ですよね！」

「うん。ほら、ほうれん草が綺麗に洗えたら、そいつを茹《ゆ》でて、濾《こ》して、ピューレにするぞ」

「はいっ！」

張り切って調理にかかる二人の少年を、厨房の入り口にもたれて見守る人物がいた。

豊かにカールした輝く金髪と、雪のような白い肌、それにエメラルド色の蠱惑的《こわくてき》な瞳の持ち主……キアランである。

対外的にはハル付きの家庭教師という肩書きを得ているが、ハルにとってのキアランは、それ以上の、無二の親友ともいえる存在だ。

かつて高級男娼だったキアランには、待遇の格差はあれどハルと相通じるものがある。ハルのつらい過去を誰よりも理解できるだけに、今、ウィルフレッドとの幸せをようやく手に入れたハルを、心から応援し、守りたいと願っているのだ。

「ふふ、兄弟みたいに楽しそうだねえ。邪魔しちゃ可哀想だから、舞踏会の衣装の相談は後にしようか」

小さな声で呟き、キアランは微笑《ほほえ》んで厨房から忍び足で出た。しかし、エントランスホールに向かって歩きながら、ふと高い天井を仰ぎ、あー、と奇妙な声を出す。

「だけど、そろそろ頃合いじゃないかねえ……。ちょいと注意しといたほうが」

そう言って厨房に引き返しかけ、また足を止める。

「いやいや、待てよ。それこそ野暮ってものじゃないか。静かすぎる湖の水は濁るもの。わずかなさざ波くらいは立ったほうがいいかもしれないね。ふふっ」

怪しい含み笑いをすると、キアランは鼻歌でも歌い出しそうな軽い足取りで階段を上がっていった……。


その夜のこと。

「でさ、今日は検死の仕事が入らなかったから、セディと一緒にお菓子も焼いたんだ。生姜《しょうが》とナッツをたくさん入れた、ちょっと固いビスケット。いつもはナイフで四角く切るんだけど、今日は型抜きさせてやったら、セディが喜んでさあ。それで」

「もう、その話はいい」

ベッドの中、立てた大きな枕《まくら》に背中を預けて楽しそうに語り続けるハルの話を、ウィルフレッドはやんわりと遮った。

「えっ?」

「もう、セディの話は十分に聞いた」

どこか不機嫌に言い直されて、ハルは黒い目をパチクリさせた。ムスッとした面持ちで真正面を向いてしまった恋人の端整な横顔を見ながら、困惑がちに問いかける。

「セディの話、嫌なのか？　あいつを雇ったこと、気に入らないとか？」

「……そういうことではない。あの子が来てから、屋敷内に活気が出たように思う。結果として、うちに置くことにしてよかったと思っている」

「じゃあ、どういうことだよ？　なんで、セディの話はもういいなんて……」

ハルはウィルフレッドの腿《もも》の上に片手をついて身を乗り出し、ウィルフレッドの顔を覗き込む。薄い唇をへの字に曲げたまま、ウィルフレッドはぶっきらぼうに答えた。

「今日は珍しく終日、検死が入らなかった」

「う……うん？」

「話を聞く限り、お前は日がな一日、セディの面倒を見ていたようだな」

詰問するようなウィルフレッドの口調に、ハルは即座に答える。

「うん。だってあいつ、料理番見習いなんだしさ。俺が検死の仕事に出て忙しいときは、フライトやポーリーンが、お茶の煎《い》れ方とか給仕の仕方とか、食器の手入れの方法とか、あとはダグが野菜の育て方とか色々教えてくれてるみたいだけど、やっぱ料理を教えてやりたいだろ？　だから今日は、いろんな料理を一緒に作れてよかったと思うよ。それが？」

「俺が今日何をしていたか、お前は知っているか？」

ぶっきらぼうに問われて、ハルは曖昧《あいまい》に頷いた。

「大晦日《おおみそか》の仮面舞踏会用の、衣装の採寸……」

「は、小一時間で終わった」

「えと……あとは、お茶を運んでいったフライトが、『旦那様は読書をなさっておいでした』って言ってた。読んでない本が溜まってるって言ってたから、ちょうどよかったんじゃないのか？」

「結果的にはな」

ウィルフレッドの返答はやけに短い。普段から饒舌《じょうぜつ》なほうではないし、異国人だけに、マーキス語の使い方が直截《ちょくせつ》的で、あまりもってまわった言い方はしないウィルフレッドだが、それにしても今の物言いには、あまりにも険がある。

こちらも決して気が長いとは言えないハルは、さすがに少しイラッと来て問い返した。

「なんなんだよ？　機嫌悪いのはわかるけど、何が原因がさっぱりわかんねえよ。俺が何か悪いことをしちまったんなら、ハッキリ言えよな！」

ハルの心の中を反映するように、毛布越しにウィルフレッドの腿に置かれたハルの指先に、ぐっと力がこもる。

「悪いことは、何もしていない」

「だったら！」

「だが、いいこともしていない」

「は？　意味わかんねえよ！　ハッキリ言えって！」

詰め寄るハルに対し、こちらも尖《とが》った声でウィルフレッドも応じた。

「お前が何もしなかったから、俺はいささか腹を立てているんだ」

「何もしなかったって、どういうことだよ？」

ハルの膨れっ面を見ようともせず、ウィルフレッドはボソリと言った。

「俺は、久しぶりの休日を、お前とどう過ごそうかとあれこれ考えていた」

「！」

「……だが、暇だったのは俺だけで、お前は忙しかった。それだけのことだ」

「あ……」

ようやくウィルフレッドの突然の不機嫌の理由を悟ったハルの童顔に、みるみるうちに後悔の表情が浮かぶ。ウィルフレッドの腿の上の指からも、ふっと力が抜けた。

「あの、ウィルフレッド。俺……」

「わかっている。お前はお前の務めを果たし、しかもそれが楽しかった。まったくもって重畳《ちょうじょう》だ。俺もおかげで読書がはかどった」

「あの、それ、ウィルフレッド……」

「お互い、有意義な休日でよかっ」

「ウィルフレッドってば！」

「……なんだ」

「ごめん」

恐ろしくシンプルな謝罪の言葉を口にして、ハルはモゾモゾとベッドから這《は》い出した。自分を見ようとしてくれないウィルフレッドの顔を見るべく、彼の脚を跨《また》いで膝《ひざ》の上あたりに腰を下ろし、真正面から向かい合う。

「別にお前が謝る必要はない」

それでもなおそっぽを向こうとするウィルフレッドの頬《ほお》を両手で挟み込み、グイと自分のほうに向けて、ハルは至近距離から恋人と目を合わせた。

「謝る必要、あるだろ！」

「ない。お前に悪気がなかったことなど、百も承知だ。お前がセディに昔の自分を重ねて親身になるのも当然だと思う。だから、責めるつもりは少しもない」

無理矢理ハルのほうを向かされたウィルフレッドは、気まずそうにそう言った。だが、その硬い表情は少しも緩んでいない。ハルは温かな手でウィルフレッドの頬を押さえたままで言った。

「だけど、怒ってるじゃん」

「それは仕方のないことだろう」

「仕方ないって……」

「悋気《りんき》は、如何ともしがたいものだ。理屈ではない」

「それってつまり……その、ヤキモチ？　セディに？」

「つまりはそういうことだ。笑いたくば笑えばいい」

ふて腐れた挙げ句、完全に開きなおった体で、ウィルフレッドは言い放つ。

（あー……さっきキアランが言ってたの、これか）

ハルは心の中で「しまった」と思いつつ、先刻、ドレッシングルームでキアランと交わした言葉を思いだしていた。

『いいかい、ハル。万が一、旦那様が少しばかりご機嫌斜めでも、決して売り言葉に買い言葉でお前も怒ったりしちゃいけないよ。言い合いくらいならいいけど、本気のケンカはしちゃ駄目だからね』

ハルの長い黒髪に香りのいいオイルをほんの少しつけ、念入りに梳《くしけず》りながら、キアランはさりげなくそんなことを言った。なんのことかと訝《いぶか》しむハルに、キアランは柔らかく微笑《ほほえ》んでこう続けた。

『老婆心ってやつさ。何もなければそれでいい。けど、もしそんな夜があったなら、旦那様はお疲れか、何かの理由で神経がささくれ立っておられるか……とにかく優しい慰めを求めていらっしゃる。旦那様は立派なお方だ。他人に八つ当たりなどは決してなさらない。八つ当たりをされるのは、お前の特権なんだからね。怒るんじゃなく、本当の顔を自分にだけ見せてくれて嬉しいって、誇らしく思えばいいんだよ』

人前では他の使用人たちと同じく、ハルには節度を持って接し、自然に敬語を使うキアランだが、こうして二人きりの時間には、以前と同じく友達として率直に話をする。ハルもそれを、何より嬉しく、心強く思っているのだ。

『覚えておき。旦那様が甘えられるのは、お前だけ。旦那様に安らぎを差し上げられるのも、お前だけなんだよ』

ハルの頬にキスをしてそう諭したキアランの、ちょっと悪戯っぽい笑顔がハルの脳裏を過《よ》ぎる。

人生経験豊富で、人の心の機微に敏《さと》いキアランだけに、セディが来て以来、ハルがウィルフレッドとの時間をいささか疎《おろそ》かにしていることに気づいていたのだろう。

そしてそれを言葉でハルに注意するのではなく、問題が起こりかけたとき、それが本格的な諍《いさか》いに発展しないよう、前もって忠告してくれたのだ。

(そうだよな。ウィルフレッドがヤキモチを丸出しにするのなんて、俺の前だけだよな。それも、子供相手に)

大人げなさすぎるといえばそれまでなのだが、深く愛されているからこその理不尽な言われようなのだと思えば、さっきから感じていた苛立《いらだ》ちも憤りも、火の前の氷のように呆気なく溶けていく。

「笑ったりしないって。確かに謝るようなことじゃないと思うし、俺、間違ったことはしてないとも思う。でも、ごめん。他に言葉は見つからないよ。あんたに寂しい思いをさせちまったことは、ホントに悪いと思うから」

「………」

それでも口を一文字に引き結んだままのウィルフレッドを見て、ハルは困り顔でさらに少し前に座り直した。

小柄で痩身《そうしん》とはいえ、腿の上に座られてはしっかりした重みと布越しの体温を感じずにはいられない。ウィルフレッドの真っ直ぐな眉が、ピクリと動く。

ハルは、どうか拒まれませんようにと祈りつつ、ウィルフレッドの首に両腕を回し、互いの鼻の頭を軽く触れ合わせた。ウィルフレッドがされるがままになっていることにほっとしつつ、囁《ささや》き声で質問を投げかける。

「俺がセディにかまけてなかったら、ウィルフレッド、今日は俺と何しようと思ってくれてたんだ？」

するとなおもしばらくの沈黙の後、ウィルフレッドは低い声で答えた。

「……港で」

「港？」

「港で、今日は臨時の市が立つとフライトから聞いた。異国の品が多く並ぶと言っていたから、連れていけば、お前ならきっと喜ぶだろうと」

「楽しそうじゃん。誘ってくれればよかったのに。そしたら俺、セディには悪いけど、途中で切り上げて……」

「誘おうと思ったさ」

「じゃあ、どうして誘わなかったんだ?」

首を傾《かし》げるハルの細い腰に、ようやくウィルフレッドの両手が回される。

「外からお前の声が聞こえてきたから、窓から見下ろしてみた。そうしたら、お前とセディが楽しそうに話しながら庭のローズマリーを摘《つ》んでいて……邪魔をしては可哀想だと思ったんだ。お前もセディも」

「だけど……」

「その時は、見栄ではなく本当にそう思った。だが、ひとりで本を読んでいるうちに、だんだん孤独に思われてきたんだ」

「孤独に?」

「俺がくさくさと書斎にこもって本を読んでいるというのに、お前は俺以外の誰かと笑っている……と思うと、なんというか、自分の存在が酷《ひど》く軽く小さなものに思えてきて。すまない、本当にくだらないことを言っているな、俺は」

「そんなことないよ！」

ハルは心を込めて、ウィルフレッドの薄い唇に小さなキスをした。そして、唇を軽く触れ合わせたまま、話を続ける。

「ウィルフレッドは、大事なことを忘れてる」

「……大事なこと？」

「俺が笑っていられるのは、ウィルフレッドがここに俺を迎えてくれたからだよ。あんたと出会わなけりゃ、俺は今でもあの下町で身体を売ってた……ううん、もう生きてなかったかもしれない。今の俺の幸せは、全部あんたのおかげだ」

「それは、俺とて同じことだ。お前がいなければ、誰かにこうも強く執着することなど、人生に一度もなかっただろう。まさか、十歳の子供に嫉妬《しっと》する日が来るなどとは……」

「嬉しいよ」

短く言って、ハルはウィルフレッドの唇にもう一度軽いキスをした。キアランが教えてくれた、「お誘いの作法」だ。

『旦那様は、あからさまなのがお好きじゃないみたいだからね。気恥ずかしいくらいがいいんだよ』

そう言いながら、キアランは『僕はそういうまだるっこしいのより、荒っぽく押し倒されるほうが燃えるけどね』と妖《あや》しく笑っていた。

（キアランは、フライトに荒っぽくされるのが好きなのかな。ていうか、フライトはなんでも丁寧にやるし、キアランのこと凄く好きだから、荒っぽく扱うなんて考えられないけど）

そんなことを頭のどこかで考えながら、ハルは小声で囁いた。

「ヤキモチ焼くほど、俺のこと好きでいてくれてありがとな。……でもって、昼間はセディに使っちゃったけど……まだ、夜が残ってる」

ハルの艶やかな黒髪を指先で弄《もてあそ》びながら、ウィルフレッドはまだ難しい顔で言い返した。

「あとは眠るだけだがな」

「眠る前に……昼間の埋め合わせ、させてくれよ」

ハルは躊躇《ためら》いがちに、ウィルフレッドの寝間着の襟元のボタンに手をかける。だがウィルフレッドは、ハルが一番上のボタンを外す前に、自分の手をハルの手に重ねた。

「なんだよ？　まだ怒ってんのか？　そんで嫌だって？」

ハルは少し不服そうに口を尖らせる。するとウィルフレッドは、ようやく口の端《は》に小さな笑みを浮かべた。

「もとから怒ってはいない。妬《や》いていただけだ」

「じゃあ、なんで？」

「お前に無理をさせたくはない。俺に気を遣ってのことだったら無用の……」

「んなわけないだろ。……昼間、あんたをひとりで放っておいて、この言いぐさは自分でもどうかと思うけどさ」

ハルはそう言いながら、ウィルフレッドの胸に身を投げた。ウィルフレッドの広い胸と両腕は、しっかりとハルを受け止める。寝間着越しの温《ぬく》もりに幸せを噛《か》みしめながら、ハルは話を続けた。

「誰よりもあんたが大事だよ。こんなふうに抱き締めてほしいと思うのは、あんただけだ」

「当たり前だ」

「わっ」

そんなウィルフレッドのくぐもった声が聞こえると同時にぐるんと視界が回転して、ハルは思わず驚きの声を上げる。

気がつけば、あっと言う間に体勢が入れ替わり、ハルはシーツの上に組み敷かれていた。

「そうでなければ、悋気どころの騒ぎではない」

どこまでも生真面目《きまじめ》にそう言うなり、ウィルフレッドはハルに噛みつくようなキスをした。いささか性急に、ハルの長い寝間着の裾《すそ》を大きな手でたくし上げる。

「ん……っ」

日々の仕事で荒れた手のひらで柔らかな腿を撫《な》で上げられ、ハルは従順に応じながらも奇妙な喜びを感じていた。

（あ……これか。キアランが言ってたのは。身体《からだ》を売ってた頃は、客に荒っぽくされると人

間扱いされてない気がしてつらかったけど、今のこれは違う。ウィルフレッドが俺を強く欲しがってるんだってわかって……それだけ愛してくれてるんだってわかって、嬉しい）
のしかかってくるウィルフレッドの身体の重みと熱さ、それに唇を貪《むさぼ》った後、痛いほど首筋を食む歯の感触。
全身でウィルフレッドを感じながら、ハルは自分もウィルフレッドを思いきり求めているのだと教えるため、彼の広い背中を両腕で抱き締め、ガッチリした腰を立てた両膝《りょうひざ》で強く挟みつけた……。

寝室の扉が、静かに、しかし執拗《しつよう》にノックされている。

その音と、ウィルフレッドが身じろぎした気配で、ハルはふと目を覚ました。

抱き合った後、ウィルフレッドの腕の中でそのまま寝入ってしまったらしい。ウィルフレッドの両腕は、まだしっかりとハルを抱いたままだ。

「ん……何……？」

まだ寝ぼけて目を擦《こす》るハルをよそに、ウィルフレッドはやはり眠そうだがハッキリした声で誰何《すいか》した。

「誰だ？」

『フライトです。早朝にお起こしして申し訳ございません。ですが、エドワーズ警部が急ぎ現場にお越し願いたいとのことで、警察の馬車が来ております』

「警察の馬車？」

その一言で、ハルはパチリと目を覚ます。ウィルフレッドは、ハルの顔を見て、軽く頷いてから扉の外の執事に声をかけた。

「わかった。すぐに支度を」

「かしこまりました。失礼いたします」

間髪を容《い》れず、扉を開けてフライトが寝室に入ってくる。

もう誰もが認めるウィルフレッドの「奥方様」になったのだから、同じベッドに眠っていてもなんら問題はないのだが、やはりあからさまに愛し合った痕跡《こんせき》の残る身体をフライトに見られるのは気恥ずかしい。

ハルは慌てて脱ぎ捨ててあった寝間着を頭からズボリと被ると、おそらくはキアランがすでに待ち受けている自分専用のドレッシングルームに逃げ込んだのだった……。


身支度を整え、待ち受けていた馬車に乗り込むと、二人と共に乗り込んだブラウン巡査部長は、天井を軽く叩《たた》いて御者に合図した。すぐに馬車は、物凄い勢いで屋敷から走り出る。

「朝早くからすみません、先生」

エドワーズの部下というより、愛弟子《まなでし》に近い存在のブラウンは、そばかすの目立つ気弱な顔で謝った。ハルは、まだ眠そうな顔で、長い髪をうなじで結びながら文句を言う。

「朝っていうか、まだ日が出てもいないぜ。そんなに急ぎだったのかよ、ブラウンさん」

ブラウンは、緩い癖のある髪を片手で撫でつけながら、眉を情けなくハの字にする。

「ごめんよ、ハルも。殺されたのは、娼館に属さない、流しの娼婦なんだけどね。殺人現場の目撃者がいるんだよ。まあこれも娼婦仲間なんだけど」

ハルに対して説明するブラウンの話を腕組みして聞いていたウィルフレッドは、眉根を寄せた。

「目撃者がいるなら、まずは警察が犯人の捜索を開始し、夜が明けてから俺たちを呼べばよかったんじゃないのか?」

「本来ならそうするべきなんですけど……その目撃者の証言が、ちょっと異様なもんで、とにかく検死官の先生に見てもらおうと」

「異様?」

ウィルフレッドとハルの声が、綺麗に重なる。ブラウンは、他に誰も聞く者がいないにもかかわらず、急に声をひそめ、二人に顔を近づけてこう言った。

「実は……。まあ、詳しい説明は現場についてからエドワーズ警部がなさると思うんですけど、一つだけ。犯人の男は、被害者の女の首に噛みついてたようなんです」

「噛みついた?」

ウィルフレッドは怪訝そうに問い返したが、ハルはウィルフレッドの隣でブルッと身を震わせ、やはり急に声を低くしてブラウンに言った。

「それ……まさか、ヴリュコ……!?」

「……かも、しれないって」

ブラウンとハルが揃《そろ》って怯《おび》えた顔をしているのに気づき、ウィルフレッドはハルの肩を抱き、幼い顔を覗き込んだ。

「いったいどうした？　なんだ、そのヴ……」

するとハルは、青い顔でウィルフレッドに囁いた。

「大きな声で言うと、寝てるそいつの耳に入って、夜に狙われるって言うから、ちっちゃい声で。ヴリュコ」

「……ヴリュコ？」

ハルが真剣そのものなので、ウィルフレッドも小さな声で復唱する。ハルは、緊張の面持ちで頷いた。

「ヴリュコ……ええと、つまり、吸血鬼のこと」

「吸血鬼!?」

思わず驚きの声を上げたウィルフレッドに、ハルとブラウンは揃って「しーっ！」と唇に人差し指を当てる。

「な……なんなんだ、いったい。吸血鬼……だと？」

どうやら、ハルもブラウンも……おそらくはマーキスの人々は皆、吸血鬼の存在を心から信じているらしい。

二人があまりにも真剣に怯えているので、そんなものは架空の化け物だろう、とは言いだしかねて、ウィルフレッドはただ呆然《ぼうぜん》としてハルを抱き、馬車に揺られ続けていた……。

二章　夜を往くもの

警察の黒塗りの馬車が停《と》まったのは、オールドタウンの一角、港にほど近い倉庫街だった。貿易の盛んなマーキスだけに、外国からの船は昼夜を問わず港に到着する。この界隈には、荷物の積み卸しを生業《なりわい》にする屈強な男たちが集まる。

船の到着を待つ間、暇を持て余す男たちは、娼館に属さない娼婦たちにとっては格好の客なのだ。

殺されたのは、そんな男たちを客引きに来た娼婦のひとりであった。

「先生、小僧、すまねえな、暗いうちから。ただ、明るくなる前……あんまり人目につかないうちに、死体を引き上げちまいたいんでな」

ウィルフレッドとハルを出迎えた捜査責任者のエドワーズ警部は、剛胆な彼らしくない困惑顔をしていた。熊を思わせる大きな背中も、心なしか丸んでいるように見える。

東の空……ニュータウンのほうから、空が白みつつある。だがまだランタン片手のエドワーズ警部と並んで現場に向かって歩きながら、ウィルフレッドは口を開いた。

「さっき馬車の中で、ヴリュコという存在について聞いた」

「しーっ、そんなハキハキ言うもんじゃねえよ、先生。異国人だって、奴らに目をつけられないとは限らねえぜ」

「……あんたもか」

ブラウンやハルとまったく同じ反応を示すエドワーズに、ウィルフレッドは驚きと呆《あき》れが半々に混じった視線を向けた。

「まさか、マーキスの人たちは皆、吸血鬼の存在を信じているとでもいうのか？」

エドワーズはウィルフレッドに顔を近づけ、ブラウンたちと同じく声をひそめて応じた。

「あんたは信じてないとでもいうのかよ？」

「当たり前だろう。あんなものは、空想の産物に過ぎない」

「北の国じゃそうなのかもしれんが、このマーキスでは違うな、先生。昔から、ヴ……に襲われて死んだ人間の報告は山ほど上がってる」

「本当か？」

「おう。警察の古い記録にも残ってらぁ」

やけにきっぱりとウィルフレッドの言葉を否定したエドワーズのいかつい顔には、部下ほどではないにせよ、微《かす》かな怯えの色があった。

見回すと、つき従うエドワーズの部下たちの顔にも、似たり寄ったりの表情が浮かんでいる。この場から逃げ出したいのを、職務への責任感だけで抑え込んでいるという様子だ。

ウィルフレッドは、自分以外の全員が心から吸血鬼の存在を信じ、恐れているという事態に戸惑いながら、ひとまずその件については口を噤《つぐ》むことにした。

この場で声高に「吸血鬼などいない！」と主張したところで、他の全員を……ハルさえをも無駄に動揺させるだけだと悟ったからだ。

「とにかく、現場を見せてくれ」

検死道具の詰まった大きな革鞄を抱えて怖々ついてくるハルをチラと振り返り、ウィルフレッドは心の中でやれやれと嘆きつつ、エドワーズを促した。

二人が案内されたのは、大きな倉庫の間にある、日が昇ったところでじっとり暗そうな、狭苦しい空間だった。ただ今は、制服姿の警察官たちがランタンを手に現場検証を行っているので、不自然なまでに明るい空間になっている。

「この辺りじゃ、港で働く男たちが、船を待つちょっとの間に女を買って、こういう物陰で事を済ませるんだ。だからそれぞれの娼婦に縄張りがあってな。この隙間《すきま》は、そこでぶっ殺されてる女の『巣』だったってわけさ」

簡潔に説明しながら、エドワーズは部下たちが集まっているあたりを指さした。作業中の警察官たちの間から、白い足が二本、にゅっと覗いている。

ウィルフレッドとハルは、エドワーズに続いて死体に近づいた。

「ほら、検死官先生のお出ましだ。お前らは他の作業をやってろ」

上司であるエドワーズの命令に、部下たちはさっと立ち上がり、ウィルフレッドのために場所を空ける。

ウィルフレッドとハルの前に現れたのは、見るからに娼婦っぽい、肌も露《あら》わな服装をしたまだ若い女性だった。

「可哀想に。死体になっても、鳥肌を立てている。この寒空の下、こんな薄着で客を引くのは、さぞつらかったことだろう」

死体の前に跪《ひざまず》いたウィルフレッドは、気の毒そうに呟き、短い黙禱《もくとう》を捧げた。背後に控えるハルも、ウィルフレッドに倣《なら》って頭を垂れる。

エドワーズは、燃えるような赤毛をガシガシと掻《か》き、牛を思わせるがっちりした肩をそびやかした。

「とはいえ、男の気を引くのにしっかり着込んでちゃ、話にならないからな。ボロをツギハギしたドレスの他にこの女が身につけてたのは、薄っぺらい肩掛けだけだ。だが、問題はそこじゃねえ」

エドワーズはウィルフレッドの隣に立って身を屈《かが》め、仰向《あおむ》けに倒れた女の肩から顎《あご》にかかっている襤褸《ぼろ》切れのような小さな肩掛けを取り除いた。

女の白粉をはたいた首筋の右側……ちょうど耳と鎖骨の間くらいの場所に、クッキリした二つの小さな傷口があった。

二つの傷口は短い距離を空けて並んでおり、ほぼ同じ大きさで、丸く見えた。そこから女の白いうなじへと流れた血液は赤黒く乾き始めている。

それを見たハルは、両手で口を押さえ、それでもヒッと引きつった声を上げた。

それをあえて無視して、ウィルフレッドは振り向きもせずハルに声をかけた。

「ハル、手袋をくれ」

「……は、はいっ」

衝撃を受けながらも、ハルは検死官の助手として、革鞄から求められた品物を出し、ウィルフレッドに差し出す。

普段はハルにはベタ甘なウィルフレッドだが、検死官として職務に当たっているときは、助手であるハルにもプロフェッショナルとしての態度を要求する。伴侶のそういう厳しさを誰よりも知っているハルだけに、必死で恐怖をねじ伏せたのだ。

「なあおい、先生。正直なとこを聞かせてくれよ。俺が見たところ、こりゃあ、その……噛み傷、みたいに見えねえか？　形といい、間隔といい……」

エドワーズは、ウィルフレッドの耳元に口を寄せ、しゃがれ声で問いかける。

「先入観を植えつけようとするな。しばらく黙っていてくれ」

だがウィルフレッドは煩わしそうにエドワーズの頭を押しのけると、ハルから手袋を受け取り、両手に嵌《は》めた。薄くて柔らかい牛革で仕立て、丹念に油をすり込んだ、彼の指にピッタリ合う検死用の手袋である。

「はいはい、それぁ失礼しました」

エドワーズは立ち上がると、ウィルフレッドから三歩ほど離れた。その代わりに、帳面とペンを持ったハルが、ウィルフレッドの傍らにしゃがみ込む。

「物差しは入っているか？」

「もちろん」

短く答えて、ハルはすぐに木製の物差しをウィルフレッドに差し出す。

死体の首筋にその物差しを当て、二つの傷の間隔を計測したウィルフレッドは、布切れで丹念に物差しを拭《ぬぐ》いながら、全身を耳にして次の指示を待っているハルに言った。

「歯を見せろ」

「……は？」

「歯だ。上だけでいい。つまり、『いーっ』と言ってみてくれ」

「う、うん。いーっ！　これでいい？」

「俺がいいと言うまで長く」

「い゛いいいいいいいい……」

訝しみながらも言われたとおりに「い」を発音するため口を大きく横に広げたハルの、上唇の下に見える歯並びに触れない程度に物差しを近づけ、ウィルフレッドは「ふむ」と頷いた。

「もういいぞ」

ハルはちょっと嫌そうな顔でウィルフレッドを見た。

「何してたか、うすうすわかる気はするけど……」

「左右の犬歯の間がどのくらいの長さか計っていた。噛み傷ならば、肌に刺さるのは犬歯のはずだからな」

「やっぱし！　で、どうだったんだよ」

ウィルフレッドは、死体の首筋に再び物差しを当てる。

「お前の犬歯の間隔より、死体の頸部《けいぶ》の損傷の間隔のほうが、少し広い。だが、お前の顎はずいぶんと小さいから、この傷が咬傷《こうしょう》である可能性はあるな」

「こうしょう……て、やっぱ噛み傷ってこと⁉」

幼い顔を引きつらせるハルに、ウィルフレッドは素っ気なく答えた。

「可能性があると言ったまでだ。きちんと調べてみなくては、結論は出せない。ピンセットと虫眼鏡を」

「はいっ」

青ざめながらも、ハルはテキパキとウィルフレッド愛用の検死道具を差し出す。それぞれの仕事に勤《いそ》しむふりをしつつ、エドワーズの部下たちも、チラチラと遠巻きにこちらを見ている気配を感じ、ウィルフレッドは今度は本当に溜め息をついた。

（まったく。ハルはともかく、誰よりも現実的であるべき警察官までがこの始末とは）

やりにくさに舌打ちしたいのをグッと堪《こら》え、彼は手袋を嵌めた指先で、女の頸部に触れた。乾き始めた傷口を慎重に広げ、ピンセットの先を差し入れて傷の深さを確かめる。

次に虫眼鏡で、傷口の縁の形状や、傷口の中の様子を子細に観察してから、ウィルフレッドは器具をハルに返し、突っ立ったまま彼の作業を見守っているエドワーズにようやく声をかけた。

「待たせたな。では、状況を聞こうか」

「あいよ」

さっきつれなくされたことについてはさほど気にしていないらしく、エドワーズは平然とした顔で制服の胸ポケットから手帳を出した。老眼なのか、開いたページをやけに遠ざけて見ながら状況説明を始める。

「事件が起こったのは、おそらく真夜中過ぎだ。ここで客引きをしてる娼婦が、紙みたいに白い顔で、ガタガタ震えながら警察署に来た。仲間の娼婦につき添われてな。えらく怯えきってるから、何があったのかと当直の警察官が訊ねると、もしかしたら、ヴ……を、見たかもしれんと言った。怖いから黙ってようと思ったが、それもまた恐ろしくて、仲間の助言を得て警察に届けることにしたって流れだ」

　ヴリュコ、と言葉にすることすらはばかり、エドワーズは咳払《せきばら》いした。

「詳しく話を聞いてみると、通報者の娼婦は、いつもこのすぐ隣のブロック……つまり、隣の倉庫間で客を引いてる。この死んだ女とも、同業のよしみで世間話をする程度の顔見知りだった。女たちは、客がつくと、その場で商売に取りかかる。わかるだろ、立ったまま、こう、前からでも後ろからでも」

「……そこは詳細な説明は不要だ。それで？」

　女の腰を抱くような仕草をするエドワーズに、潔癖なウィルフレッドは盛大に眉をひそめる。エドワーズは苦笑いで説明を続けた。

「相変わらずお堅いなあ、先生は。まあ、そういうわけだから、普段はちょっとくらい悲鳴が聞こえても、娼婦どうしは気にしないんだそうだ。港で働く男どもだ、粗暴な奴も多い。そこは、ここで商売する以上、覚悟の上だからな。だが……」

「今夜は事情が違ったというわけか」

　ウィルフレッドは話を聞きながら、女の亡骸《なきがら》に触れた。首や肩、腕、足の関節を一つずつ曲げ伸ばしして死後硬直を調べ、閉じた目をこじ開けて結膜の様子を見る。

　そうしたお決まりの行動を見下ろしながら、エドワーズは頷いた。

「聞こえてきたのが、あまりにも酷い悲鳴だったそうだ。助けて、とも言っていたらしい。

それで目撃者の娼婦は、躊躇いながらも灯《あか》りを手に、隣の娼婦の縄張りを覗きに行った。で、見たわけだ」

「……その、アレをか」

エドワーズたちに合わせて、ウィルフレッドもヴリュコと口にするのを避ける。エドワーズもあえて口に出さず、重々しく頷いた。

「アレかもしれんものを、だ。娼婦が隣の縄張りを覗き込むと、この女が男に地面に押し倒されていた。たいていは服を汚すのを嫌って立ったまま済ませるが、中には女を組み敷かなきゃ気分が出ない男もいる。なんだ、ちっとたちの悪い客に当たっただけかと、娼婦は自分の縄張りに引き返そうとした。ところが……そこで女に覆い被さっていた男が気配に気づき、身を起こして振り返ったんだそうだ」

ウィルフレッドの横にしゃがみ込んだまま、彼の作業を手伝っていたハルは、エドワーズの話に思わずゴクリと生唾《なまつば》を飲んだ。その手は無意識に、ウィルフレッドの上着の袖《そで》を思いきり摑んでいる。

そんなハルの手に自分の手をそっと重ね、ウィルフレッドはエドワーズのいかつい顔を見上げた。エドワーズはいっそう声を低め、女の死に顔とウィルフレッドの顔を見比べながら言った。

「男は、黒っぽいフードつきのマントを羽織ってたが、フードは被っていなかったそうだ。

中肉中背、特に体格には特徴はない。地面に置いたロウソク一本の光が、男の顔をうっすら照らしてた」

「顔を見たのか？」

「いんや、それが目元に小さな仮面を着けてたらしくてな。顔立ちはハッキリ見えなかったそうだ」

状況を想像したのか、ハルはますますウィルフレッドに縋りつく。ウィルフレッドは、小さく肩を竦めた。

「これといって特徴的な外見だとは思えないが……なぜそれが吸血鬼だと思ったんだ？」

するとエドワーズは、女の首筋の傷を見ながら答えた。

「女の首筋から顔を上げた男の口からは長い犬歯が覗き、唇からは鮮血が滴っていた……ってえことだ、先生。娼婦は仰天して逃げ出した。で、数時間後、警察署に現れたってわけさ。当直の警察官が現場に駆けつけると、女はとっくに冷たくなり、男の姿は消えていた」

「……ふむ」

ウィルフレッドは小さく頷き、自分の腕にしがみついたままのハルの手をぽんと叩いた。無言で促されたハルは、心細そうな顔で立ち上がる。ウィルフレッドも腰を上げ、毅然《きぜん》とした口調でエドワーズに言った。

「まあ、その男がこの女の死に関係していることだけは違いあるまいが、解剖してみないと何もわからない。すぐ警察署に運んでくれ」

　エドワーズは、なんとも決まりの悪そうな面持ちで頷く。

「ああ、そりゃもちろんだが……その、現時点での見立てはどうだい、先生」

「まだわからんと言ったはずだ。俺は、憶測でものは言わん」

　探るような問いかけに素っ気なく応じて、ウィルフレッドは手袋を外した。

「ふむ……まあ、そうだろうがなあ」

　エドワードは煮え切らない口調で相づちを打ってから、特大の溜め息をついた。ウィルフレッドは、呆れ顔でそんなエドワードを見やる。

「解剖が済めば、ある程度、死因も絞れるだろう。そんなに不満げな顔をすることもあるまい」

「わかってるんだけどよ。何しろ、ヴ……絡みだからな。部下たちは警察官の誇りがあるから口が硬い。だが、娼婦たちはそうもいかん。きっと、吸血鬼が出た、ヴ……が人を殺したってえ噂《うわさ》は、もう街に広がり始めているだろうと思ってな」

「……なるほど。警察としては、風聞による人心の乱れを懸念しているわけか。警察官ですら恐れる吸血鬼だ。街の人々は、もっとだろうな」

「ま、そういうこった。マジで吸血鬼の仕業なら、俺たちもそのつもりで腹を据えてかからにゃならん。一方で、『北の死神』が、こいつは吸血鬼の仕業じゃないと断言してくれりゃ、噂の火消しにそれ以上有効なことはねえと思ったんだが」

「悪いが今のところ、吸血鬼の実在についても、この女性の死因についても、俺に言えることは何もないよ、エドワーズ」

「だよなあ。まあいい、とにかく早く解剖して、結果を出してくれ」

「わかった。ハル、警察署へ移動しよう」

「はいっ」

ウィルフレッドの差し出した手袋を鞄にしまうと、ハルは何とも不安げな顔で、警察官たちによって布にくるまれ、担架に乗せられる女の死体を振り返りながら、現場を後にした。


数年前、マーキス警察署の中庭に離れとして構えられた新しい解剖室は、広く、光がふんだんに入るよう設計されている。

ウィルフレッドの検死官就任以前に造られた解剖室は地下にあり、ジメジメと薄暗い、陰気な場所だった。だがウィルフレッドが、「こんな暗い、非衛生的な場所で、死体をきちんと観察できるはずがない」と主張し続け、ついに新しい解剖室を造らせたのである。

警察署の中庭なら、窓を大きく取っても、警察関係者以外の人間が解剖室の中を覗くことはないし、死体の搬入も容易《たやす》い。

今の解剖室は、立派な石造りの解剖台とシンク、それに最新式の水道も引いて、実に明るく衛生的である。

今、その解剖室では、ウィルフレッドとハルが解剖台を挟んで向かい合わせに立っていた。蜂蜜色《はちみついろ》の一枚岩から削り出したどっしりした台の上には、くだんの娼婦の死体が横たえられている。全裸にされた女の痩せた身体の中心には、顎の下から下腹部まで続く、縫合されたばかりの切開創があった。

最後の結び目の上で縫合糸をパチンと短く切り、ウィルフレッドは「解剖終了だ」と短く告げた。

「お疲れ様」

そう声をかけ、ハルは使い終わった解剖器具をシンクに運び、洗い始める。

そんなハルに向かって、ウィルフレッドは清潔な布で血に汚れた女の裸体を拭き清めながら、口を開いた。

「ここは言うなれば異国人たる俺の城だ。マーキスの因習はここには及ばない」

それが自分に向けられた言葉だと悟り、ハルは「うん?」と返事をする。するとウィルフレッドは、こう続けた。

「……ということにして、ヴリュコについてもっと詳しく教えてくれ。皆が恐れている吸血鬼、というだけでは情報が足りない」

ヴリュコと聞いただけで、ハルはあからさまにビクッとする。それでも、ウィルフレッドの真摯《しんし》な眼差《まなざ》しを受けて、ハルは手にしていた海綿を置いた。

「わ……わかった。ホントは、神官先生たちから、囁き声より大きな声で呼んじゃいけないって言われたんだよ、その名前。だから……」

「だったら、アレでもなんでもいい。とにかく、どういうもので、何がそんなに恐ろしいのかを聞かせてくれ」

ウィルフレッドが重ねて催促すると、ハルは小さく頷き、いつも元気な彼にしてはずいぶんと小声で説明を始めた。

「小さい頃、院長先生や神官先生たちから何度も聞いた話だよ。死ぬとき、この世にあまりにも大きな心残りや遺恨があった人は、魂が命の渦に戻れずに、ずっと死体の中に留《とど》まってしまうんだって」

ウィルフレッドは、手を休めずに小首を傾げる。

「確か、このマーキスでは、死体を離れた人の魂は、女神ネイディーンが拾い上げ、命の渦に放り込むんだったな？」

ハルは、いかにも神殿の孤児院育ちらしく、躊躇《ちゅうちょ》なく頷く。

「うん。命の渦の中で魂は綺麗に洗われて、新しく生まれる赤ん坊の中に入るんだ。そうならないで死体の中に留まった魂は、汚れて歪《ゆが》んでしまう。そうなると、もうネイディーンの恩寵《おんちょう》は届かない。ただ救いようのない悪霊と化して、夜の闇《やみ》を彷徨《さまよ》うようになる。そんな魔物が……」

「ヴリュコというわけか」

「そう。そうなっちゃうと、生きてたときの良心なんてなくなって、ただこの世に生きている他の人たちが羨《うらや》ましく憎らしくなって、誰彼構わず襲って、血を啜《すす》るんだ。誰かの命を吸い取って、生き返ろうとするんだよ」

「ふむ。それで首の噛み傷に、皆が過剰反応しているわけだな」

「ヴ……は、もともとは普通の人間だったってところが、凄く怖いんだ。神官先生はよく言ってた。人間は、どう生きるかも大事だけど、どう死ぬかもとても大事なんだって」

ウィルフレッドは、女の棒きれのような細い腕を拭く手をふと休め、小さく唸った。

「その神官の言葉には、検死官としては心から同意する。しかし、お前の話を聞く限りでは、その程度の条件で死人がもれなく悪霊化するなら、島の中にヴリュコが溢《あふ》れかえると思うんだが。そうならないのはなぜだ?」

どこまでも理論的なウィルフレッドの質問に、ずっと顔が強張《こわば》りがちだったハルもだんだん落ち着きを取り戻してきたのか、小さく笑みすら浮かべて答えた。

「そりゃ、マーキス人だって馬鹿じゃないもん。そういう死に方をした人がヴ……になっても地上に出てこられないように、ちゃんと予防策があるんだよ」

「予防策?」

「網。うんと目の細かいやつ」

「網だって？　まさか、死体を網で巻いて、ヴリュコと化しても身動きが取れないようにするとでも？」

目を剝《む》くウィルフレッドに、ハルは可笑《おか》しそうに「違うよ」とかぶりを振った。

「ヴ……は、凄い力を持ってるから、網なんてすぐ破れる」

「では、網をいったい何に使うんだ？」

「棺に収めるとき、死体の上にできるだけ目の細かい網をかけておくんだ。ヴ……になると、目の前に網目があると、その数を数えずにはいられないんだって」

「……なんだって？」

ウィルフレッドは早くも呆れ顔で問い返す。だが答えるハルは大真面目である。

「なぜかは知らないけど、そういうことになってるんだよ。だから目の細かい網とか、籠《かご》とか、笊《ざる》とかを顔の前に被せておくと、ヴ……になって夜に目覚めても、網や籠の目を数えてるうちに朝になって、結局出てこられなくなるだろ？」

「……ふっ」

思わず噴き出したウィルフレッドに、ハルはキリリと眦《まなじり》を吊《つ》り上げる。

「何笑ってんだよ！　真剣に説明してんだぞ、俺は！」

「すまない。お前が真剣なことはよくわかっているが、まさかそんなことでヴリュコの出現を阻止できるとは思わなかったものでな。いささか意表を突かれた」

「ったく！　とにかく、そんなわけで、ヴ……は滅多に現れないって言われてるんだ。だけど、棺の中で夜を待ってる間にも、ヴ……は、聞き耳を立ててる」

　また新たにもたらされた情報に、ウィルフレッドは一度は緩んだ口許《くちもと》を引き締める。ハルは、唇の前に人差し指を立て、小声で言った。

「どんな人でも、ヴ……になっちゃったってことは、この世に未練がありすぎたってことだから、恥ずかしいだろ？　自分がそんな身の上になったなんて、知られたくないんだ。だから、夜に血を求めて彷徨う自分の姿を見られたら、絶対そいつを殺す。昼間も聞き耳を立てて、ヴ……の話をした奴のことは、覚えておいて殺そうとする。そう言われてるんだよ。だから、絶対にその名前は、ヴ……に聞こえるように言っちゃ駄目だ、ヴ……なんて知らないように振る舞えって、子供の頃からずっと教えられてきたんだ」

「なるほど。それでどいつもこいつも怯えるわけだ。幼い頃から恐怖心を植えつけられていたとなれば、致し方ないな」

　独り言のような調子で呟き、ウィルフレッドは「ありがとう、よくわかった」とハルに言った。

「ウィルフレッド、それで……」

　ハルはウィルフレッドが解剖から導き出した死因をいち早く知りたそうにした。しかしウ

1
2
3
4
5
6
7
8
9
10

イルフレッドは彼の質問を遮り、やや素っ気なくこう言った。

「話は、面子《めんつ》が揃ってからにしよう。エドワーズを呼んできてくれ」

「わかった」

やや不満げながらも、ハルは従順に手を洗って前掛けで拭くと、駆け足で解剖室を出ていく。

「どうも、エドワーズの期待には添えないかもしれんな」

女の死体の頸部に並んだ小さな二つの傷を見下ろし、ウィルフレッドは、ハルには見せなかった陰鬱な表情で呟いた……。


「おう、お疲れさん、先生」

解剖終了を待ちわびていたらしく、エドワーズはほどなく急ぎ足でやってきた。ハルは後片づけを再開しつつ、二人の会話に耳をそばだてる。

「で、どうだったい？　やっぱりヴ……」

「では、なさそうだ」

「えっ⁉」

エドワーズとハルの驚きの声が見事に重なる。間髪を容れず問いを発したのは、エドワーズのほうだった。

「じ、じゃあ、その首筋の傷はなんだってんだ、先生よ」

「わからない。確かに、この二つの傷を咬傷……つまり噛み傷と考えることに、矛盾はないんだ」

そう言いながら、ウィルフレッドは手袋を嵌めたままの手で、死体の肩下に固い枕を入れ、頸部を持ち上げて見やすくした。右側頸部の二つ並んだ傷口を示しながら、エドワーズとハルに説明する。

「吸血鬼というからは、きっと犬歯が尖っている設定なんだろう？　その、アレは」

ウィルフレッドの質問に、エドワーズは頷く。

「俺ぁもちろん見たことはないが、そう聞いてるな。昨夜《ゆうべ》、この女の首に噛みついていた男も、長い犬歯を持っていたように思う、と言っていた」

「ふむ。……見ろ。この創口は、刺さったものが丸みを帯びた形状であることを示している。尖った犬歯の先なら、あてはまる」

「お、おう」

「さらに、傷の辺縁《へんえん》が刃物で切ったように滑らかではないが、かといって鈍器で殴って裂けたときのようにギザギザしてもいない。ある程度、鋭利なものが刺さったと推測できる」

「つまり歯ってこと⁉」

ハルの声に、ウィルフレッドは曖昧に頷いた。

「その可能性は大いにあるな」

エドワーズは、大きく一歩、ウィルフレッドのほうに歩み寄る。

「ってこたぁ、娼婦が目撃したっていう、口元に血をつけた男が、この死んだ女の首に噛みついて血を吸ってたってのは、嘘《うそ》じゃない……」

「噛みついて、多少の血を吸ったところまでは、嘘ではないかもしれんな」

「おい、もったいぶるなよ、先生。どういうことだ?」

エドワーズは、苛ついた様子で太い眉根を寄せる。ウィルフレッドは、ハルに視線を向けた。

「ハル、さっきお前は、ヴリュコは夜に生きた人間を襲い、血を吸って殺すと言ったな?」

ハルは、困惑した顔で頷く。

「うん、俺は神殿でそう教わった」

エドワーズも横から口を挟んだ。

「俺も母親からそう教えられたぜ。ヴ……は、人の血を吸うことで他人の命を奪い、少しずつ人間に戻っていけると考えてるらしい。ホントにそうなるのかどうかは知らんがな」

二人の話を聞いて、ウィルフレッドは口の端だけで笑った。そして、女の身体を片手で示した。

「だとしたらますます、これはヴリュコの仕業とは考えにくい」

「なんだって？」

「どういうこと、ウィルフレッド？」

ハルも洗い物どころではなく、シンクを離れてウィルフレッドの傍《そば》に歩み寄る。ウィルフレッドは、冷静そのものの顔で指摘した。

「ハル、お前はさっきからずっと、俺がこの女性の身体を開くのを見ていたな？」

「う、うん」

「ならばわかるはずだ。他の死体と同じく、この死体の臓器からは、切れば潤沢に血液が溢れ出た。心臓も血液で満たされていた」

「うん、確かに……あっ、そうか！　死ぬほど血を吸われてたら、解剖したとき、あんなに血が流れ出るはずがない！」

つぶらな黒い瞳を輝かせるハルに、ウィルフレッドは満足げに笑みを深くした。

「その通りだ。失血死するほどの血液は、この身体からは奪われていないんだ」

「むむう……」

「そもそも、頸部の傷はごく浅い。ごくごく飲めるほどの血液を得ようと思えば、頸動脈に傷が達していなければ無理だが、到底そこには及んでいない。頸静脈すら傷ついていないんだからな」

「むむむむ……」

唸るエドワーズをよそに、ウィルフレッドは女の裸体を指して言った。

「次に、この女の身体には、他にほとんど……それこそ死因に繋《つな》がるような傷はない。軽い擦過傷や打撲が全身あちこちに見られる程度だ」

「襲撃されて、抗《あらが》った痕跡ってわけか」

「それにしては、弱いな。いくら女性でも、殺されそうになれば、もっと必死で抵抗するものだ。あるいは、頸部に嚙みつかれ、ヴリュコに襲われたと咄嗟《とっさ》に思って、恐怖のあまり気絶したという可能性も、あんたたちの怯えようを見ればないでもないが」

エドワーズは、女の手を持ち上げ、花びらの汁で赤く色づけされた女の爪をしげしげと観察した。

「確かに、どの指も綺麗なもんだな。爪が欠けてもいねえし、犯人の皮膚の欠片《かけら》も詰まってねえ」

「うむ。かなり短時間のうちに死に至ったんだろう。次に、これを見てくれ」

ウィルフレッドの手が、女の死体の顔面に触れた。上瞼を軽く摘まんで裏返し、結膜を露出させる。血液が下がって真っ白くなっているはずの女の結膜直下には、小さな点状の出血があちこちに見られた。

エドワーズは、顎に手を当てる。

「むむ、こいつぁ……」

「ハル、お前はどう見る?」

ウィルフレッドに、助手としての力量と、これまできちんと色々な死体を観察していたかどうかをいきなりテストされ、ハルは背筋を伸ばして、緊張の面持ちで答えた。

「その出血点は、窒息した人や、あとは急に死んだ人……心臓発作の人に、特に多く見られるってウィルフレッドが言ってた気がする」

それは、期待していたとおりの返答だったのだろう。ウィルフレッドは口の端で小さく微笑して頷いた。

「正解だ」

「やった!」

ハルは死体の横なので、ごく控えめなガッツポーズを作る。エドワーズは、女の頸部をしげしげと観察した。

「窒息なあ……。首を絞められた痕跡はなさそうだな。柔らかくて幅の広い布で絞められでもしたか?」

「この女は顔だけでなく、首や胸元にまでまんべんなく白粉をはたいていた。どんなに柔らかな布で圧迫しても、白粉は剝げるはずだ。考えるべきはむしろ、心臓発作……とはいえ、心臓の筋肉に出血や破裂はなかった。可能性としては、一番に脈の異常を考えるべきだろうな」

ウィルフレッドの冷静な指摘に、エドワーズは険しい面持ちになった。

「ふむ。つまりあんたは、この女は首を男に齧《かじ》られただけで、それは死因に関係ない。あるいは、ヴ……に襲われたと思ってビックリして、心臓発作を起こして死んだ……と言いたいわけか」

「今のところは、そういう見立てになるな。寒さ暑さは心臓発作を誘発しやすいと言う論文を、郷里にいた頃読んだことがある。言うまでもなく、恐怖や驚きもまた、発作の原因となりうる」

「むむう……。いや、待てよ。ってことは、犯人がヴ……じゃないと決まったわけでもねえな！」

「うん？」

「ヴ……は、生き血を啜ることで人間に戻ろうとするんだぜ、先生。生きてる人間の血しか、あいつは吸わねえのよ」

「ああ、さっき聞いた。それが？」

「この女が、最初のひと嚙みで恐怖のあまり死んじまって、それで途中で血を吸うのをやめて、立ち去ったのかもしれねえ。そうだろ？」

エドワーズはどこか得意げに言い放つ。ウィルフレッドはしばらく考え、苦々しい顔で首を振った。

「確かに、そういう可能性も否定できないな」

「この女の死体だけじゃ、ヴ……の仕業じゃねえとは断定できないわけだな！」

重ねて念を押され、ウィルフレッドはハッキリと同意した。

「断定は不可能だ。俺が断言できる検死情報は、この女はなんらかの原因で急死したが、それは頸部の傷からの失血死ではない。次に、頸部の傷は噛み傷の可能性があり、二つの傷の間隔は、人間の左右の犬歯の距離に近い。さらに、女の身体には、他に死に至るような損傷や病気の痕跡はなかった。以上だ」

「よーし！」

ウィルフレッドの結論を聞くと、エドワーズは広い肩を怒らせ、こう言った。

「だとくりゃ、犯人は人間とヴ……の両方だって可能性を考えて、捜査と対策にあたる必要があるな。先生、ありがとよ。参考になった。俺は行かなきゃならねえが、部下に送らせるから、馬車で気をつけて帰ってくれ。小僧も、お疲れさん」

そう言うが早いか、エドワーズは肉厚の手を振り、大股《おおまた》に解剖室から出ていってしまう。

残されたウィルフレッドとハルは、思わず顔を見合わせた。

「マーキス警察は、犯人が吸血鬼だった場合、逮捕する気か？」

唖然《あぜん》とした様子のウィルフレッドに、ハルは力なくかぶりを振った。

「まさか。魔物を逮捕なんてできやしないよ。人間よりずっと力が強いし、何をしたって痛みを感じないし、死なないんだよ?」

「……まるで無敵だな」

「だから怖いんじゃないか。魔物に対抗できるのは、神官だけ。経験を積んだ神官が唱えるネイディーンの祈禱文《きとうぶん》だけが、ヴ……の力を削《そ》いで、おとなしくさせることができるって言われてるんだ」

ウィルフレッドは、綺麗に拭き清めた女の死体に大きな布を被せながら小首を傾げた。

「神官の力をもってしても、おとなしくさせるのが関の山なのか?　では、ヴリュコを消滅させることは誰にもできないのか?」

ハルは洗い終えた解剖器具を乾いた布の上に並べる手を止めて、明確に答える。

「ううん。おとなしくなったところで、神官が改心を促すお説教をして、ネイディーンの名前で祝福された海水をヴ……に振りかけるんだ。それで魔物は、命を育《はぐく》む海の水に溶けて消えるって言われてる」

「海の水に溶ける?　命の渦とやらには、戻してもらえないのか?」

「すぐにはね。でも、長い年月、海の水になってたくさんの命を育み続けていれば、いつの日かもう一度、ネイディーンの恩寵を得られるって話だよ」

「なるほど。救いも用意されているのか。周到な物語だな。……では、エドワーズたち警察は、ヴリュコに対して何をするつもりなんだ?」

「……さあ。俺、前にヴ……が現れたのは何十年も昔だって聞いてるから、警察が何をする気かは、ちょっとわかんないな」

「ふむ。……まあいい、とにかく、我々は求められた仕事を終えた。死体を警察に委《ゆだ》ねて、引き上げるとしよう。その前に、いつものように頼む」

「わかった」

ハルは居住まいを正し、布に覆われた女の死体の頭のほうに立った。ウィルフレッドも手袋を外し、その場で軽く頭《こうべ》を垂れる。

「死した肉体を離れた魂よ、どうか女神ネイディーンの優しい腕《かいな》に己を委ねんことを。命の渦に向かう、その道行きが安らかでありますように」

ハルが唱えるネイディーンの臨終の祈りは、流れるように淀《よど》みない。ネイディーンの神殿の中にある孤児院で育っただけあって、まさに門前の小僧なのだ。

ネイディーン信仰のないウィルフレッドは、「安らかであるように」と最後の文句だけを復唱し、頭を上げた。

「願わくば、犠牲者が彼女だけに留まり、犯人がただの人間であるように。……それが、検死官としての俺の祈りの文句だな」

「……それ、祈りじゃなくて願望だよ」

「違いない。とにかく帰るとするか。家でヴリュコについて資料を紐解《ひもと》き、勉強することにしよう。マーキス人の恐怖感を共有はできないにしても、もっと理解できるようにならねばな」

ウィルフレッドがそう言うと、ハルは頷きながらも、ちょっと怖い顔で人差し指を立てた。

「それがいいよ。っていうか、屋敷のみんなが怖がるといけないから、マジでその名前、口に出さないようにしたほうがいいって」

「……そうだった。心がけよう」

マーキスにかなり馴染んだつもりでいたが、やはり異文化を深く理解することは難しい。妙な疲労感に凝った肩を揉《も》みほぐしながら、ウィルフレッドは解剖用のエプロンを外し、壁に打ちつけた釘《くぎ》に引っかけたのだった……。


その夜、就寝前に風呂を使い、熱い湯にゆったり身体を浸しているウィルフレッドに、追加の熱湯を運んできたフライトは、静かに声をかけた。

「ヴリュコが出たという噂は、もうマーキス市街だけでなく、城壁の外にも広がっているようでございます。まったく、恐怖ほど足の速いものはございませんね」

気持ちよさそうに目を閉じ、バスタブに背中を預けていたウィルフレッドは、瞼を開き、意外そうに執事の柔らかな笑顔を見上げた。

「お前は、平気でその名を口にするのだな。屋敷の皆を怯えさせないよう、その名をハッキリ声に出すなと、ハルに釘を刺されていたんだが」

するとフライトは、浴槽の湯に指をつけ、温度を確かめながら言った。

「わたしは可愛《かわい》げのない子供でして。幼い頃より、大人たちが語るその手の怖い話はてんで信じてはいませんでした。だいいち、迷信ごときで動じていては、このお屋敷の執事は務まりますまい」

「確かにそのとおりだ。お前は実に頼もしいな」

忠実な執事は、シャツの袖を肘《ひじ》までまくり上げた姿で、優雅に頭を下げる。

「お褒めにあずかり、恐縮です。旦那様も異国からいらしたお方ですから、吸血鬼など信じていらっしゃらないと思いまして」

ウィルフレッドは苦笑いで頷いた。

「そのとおりだ。だが、屋敷の他の者たちは、心からヴリュコの存在を信じているようだったな。意外なことに、あのキアランまで」

なよやかな外見に似合わず、ふてぶてしいまでに剛胆なキアランが、「ヴ……」と、ハルと同じようにヴリュコの名を口にするのを憚《はばか》ることに、ウィルフレッドは内心かなり驚いていたのである。

だがフライトは、主の足のほうから熱湯を静かに足しつつ、微笑んで言葉を返した。

「花街《かがい》の人間は、得てして迷信深いものですよ。田舎の人間も同様です。ダグもポーリーンも、田舎の出でございますからね」

「なるほど。……田舎といえば、セディの家にも、噂は届いただろうか」

キルトでくるんだ大きな水差しを持ったまま、金髪の執事は小首を傾げる。

「まだだったとしても、時間の問題でしょうね」

ウィルフレッドは、躊躇いながらこう言った。

「だとすれば、ブリジットはセディのことが気がかりだろう。予定より早いが、あの子を家に帰したほうがいいかもしれないな。ハルは寂しがるだろうが」

するとフライトは、少し困った顔で笑った。

「それについては、僭越《せんえつ》ながらわたしが先刻あれに帰宅を勧めたのですが、聞き入れませんでした。何があろうとも、与えられた仕事を投げ出したりしないの一点張りです」

「なるほど、さすがブリジットの孫だ。頑固さはそっくりだな」

「まったくです。とりあえず、あれが元気でやっていることは、実家に手紙で報《しら》せるつもりでおります。キアランは手紙を書くのが上手でございますから、セディがこのお屋敷での生活を楽しんでいることは、十分にあれの家族に伝わることでしょう」

「そうか。……では、あとはせいぜい、お前がキアランを安心させてやることだな」

「はい。それが連れ合いの甲斐性《かいしょう》というものでございますので」

フライトは、分厚くてふかふかのローブを広げながら、涼しい顔で頷く。

「連れ合いの甲斐性、か」

口の中で呟きながら、ウィルフレッドは心地《ここち》のよい湯から上がり、フライトが着せかけるローブに袖を通した。

寝間着に着替えたウィルフレッドが寝室へ行くと、ハルはもうベッドに入り、半身を起こしていた。

「今夜は、俺が先。ベッド、温めといたぜ」

悪戯っぽく笑ってそう言うハルに、ウィルフレッドも頬を緩め、ガウンを脱いでベッドに入った。

二人が休む前にメイドのポーリーンがあんかを足元に入れておいてくれるのだが、それとてベッド全体を温めるほどの効果はない。

冷たいはずのシーツに、自分より高いハルの体温をじんわりと感じて、ウィルフレッドは微笑した。

「本当だ、温かいな。……今朝《けさ》は格段に早起きだったから、疲れたろう。大丈夫か?」

そんな言葉に、ハルははにかんだ笑みを浮かべ、ウィルフレッドの肩に軽くもたれた。

「平気だよ。厨房の仕事はセディが手伝ってくれるし、キアランが風呂上がりに、肩と腕をマッサージしてくれて、凄く気持ちがよかったんだ。やり方を教わって、今度あんたにもやってあげるね」

「それは嬉しいな」

ハルの小さな肩が冷えないように腕を回して抱き寄せ、ウィルフレッドは少し心配そうに訊ねた。

「皆、大丈夫か?」

ハルは少し眉根を下げて頷いた。

「まあ、怖がってはいるけど、夜に外に出なければ、アレは家の中に押し入ったりはしないから」

「なぜだ?」

「どこの家にも一枚や二枚、ネイディーンの護符が貼《は》ってあるだろ?」

「なるほど。吸血鬼にとっては、ネイディーンの護符が結界になるわけか。それに、お守り……か?」

笑い混じりにそう言われて、ハルはゴソゴソと寝間着の襟元を探った。引っ張り出したのは、山葡萄《やまぶどう》の蔓をごく細く裂いたものを組んで作った、ミニチュアの笊をペンダントに仕立てたものだった。

ウィルフレッドも無言で、同じものを寝間着の襟から引き出し、ぶら下げてみせる。ちょっとおどけたウィルフレッドの表情に、ハルは目を丸くした。

「あんたも身につけてるんだ？　信じてないのに？」

ウィルフレッドは苦笑いで、小さなお守りを見下ろす。

「セディとダグが、屋敷の全員分のお守りを、心を込めて手作りしたとフライトが言っていた。それを聞いては、受け取らないわけにもいくまい。お守りとしての効力は知らないが、とても可愛らしい、よくできた笊だ」

そんなウィルフレッドの言葉に、ハルも嬉しそうに頷いた。

「だよな！　ウィルフレッドはヴ……を信じてないからこんなお守りは意味ないと思うかもしれないけどさ。ダグとセディの気持ちがこもってるんだから、どんな悪いものからも、きっとウィルフレッドを守ってくれるよ」

「そう願いたいものだな」

優しくそう言って、ウィルフレッドはハルの細い二の腕をゆっくりと撫でた。

「ただ、吸血鬼だろうがなんだろうが、お前には指一本触れさせない。だから怯えるな、ハル。お前のことは、必ず傍にいて、俺が守る」

淡々としているが熱のこもった言葉に、ハルは嬉しそうにこっくり頷く。

「俺もだよ。怖いけど、それでもあんたがいれば平気だ。二人一緒なら、なんにだって負けない。だよな？」

「ああ、そのとおりだ。今までも、これからもな」

そう言って、ウィルはハルの広い額にキスを落とす。もっと他の場所に口づけてほしくて、ハルは目を閉じて仰向き、小さな唇を軽く尖らせて催促した……。

翌朝から、マーキス市街の様子は一変した。

吸血鬼ヴリュコ出現の噂がすっかり広まったせいで、人々は異国人のウィルフレッドにしてみれば滑稽《こっけい》に思えるほど、生活パターンを変えてしまったのだ。

店先にも家の玄関にも、吸血鬼除《よ》けのくだんの笊や籠、網がつり下げられ、日没までには、すべての店が営業を終えるようになった。

それまでは深夜営業をしていた酒場や賭場、さらに娼館までもが例外ではない。夜間作業を休めない職場では、松明《たいまつ》を日頃の倍以上灯《とも》し、昼間のように明るくした中で、見張りを立てて作業をしているらしい。

マーキス警察はエドワーズが言っていたように、犯人が人間、あるいは吸血鬼ヴリュコ、両方の可能性を考え、全署を上げて捜査に当たっている。

つまり、殺人が起こった現場周辺での聞き込みや物的証拠を探すといういつものやり方に加え、吸血鬼を対象とした捜査活動も行っているわけだ。

いったい具体的にはどういうことをしているのかと訊ねたウィルフレッドに、エドワーズは胸を張って答えた。

彼が言うには、マーキス市街内の広い墓地にあるすべての墓石にヴリュコ除けの網を被せ、街じゅうのあちこちにネイディーンの護符を貼り、さらに警察官の夜間のパトロールに、ネイディーン神殿の神官を同行させているらしい。

そんなことに多大な人員と労力を割くとは……とウィルフレッドは内心呆れたが、何も言わなかった。

あの哀れな娼婦を、積極的に手を下したかどうかはわからないにせよ、少なくとも死に至るほどの恐怖を与えた犯人は吸血鬼などではなく人間だという印象を、ウィルフレッドは持っている。

それでも、娼婦の死因を確定できなかった以上、彼には、吸血鬼の存在を完全に否定することはできないのだ。

しかも警察を嘲笑《あざわら》うかのように、それから十日のうちに、三人がさらに同様のパターンで死に至った。

死んだのは、いずれも夜に行動せざるを得ない人々である。

一人目はニュータウンの金持ちの家に忍び込んだ帰りの盗っ人、二人目は、立ち小便をしようと暗い場所へ向かった荷揚げ作業の男、そして三人目は、あんな事件があってもなお、生活のため、恐怖に耐えて客引き場所に向かう途中の娼婦だった。

いずれも目撃者はいないが、首筋に最初の犠牲者となった娼婦と同様の傷痕がある。ウィルフレッドは、今度こそ死因を突き止めようと解剖を行ったが、三人ともに顕著な損傷や病気はなく、「なんらかの原因で急死した」と結論づけざるを得なかった。

「どうにも腑《ふ》に落ちないな。死者たちに共通する首筋の傷痕は、いったいなんの目的でつけられているんだ。そして、彼らの死因はなんなんだ……？」

珍しく、苛立ちを露わにするウィルフレッドを、ハルは傍で見守ることしかできなかった。あくまでもウィルフレッドは検死官であり、警察官ではないのだから、捜査を手伝うことはできない。実際に人が命を落とさなければ、行動を起こすこともできないというのは、次の死者を待っているようで、どうにもやりきれない。

ヴリュコを恐れ、街の雰囲気が暗く沈んでいくことに忸怩《じくじ》たる思いをしつつも、ウィルフレッドはただいたずらに日を過ごしていた……。

三章　信じるものは

執事ジャスティン・フライトの自宅は、ウォッシュボーン邸の敷地内にある。

かつてウィルフレッドの邸宅が賊の襲撃で大破したとき、彼は自邸を修繕するついでに、ずっと放置されていた離れを改築し、フライトとキアランに与えたのである。

母屋《おもや》よりだいぶこぢんまりしているものの、設備は最新のものばかりだし、内装はキアランの好みを反映して、実にエレガントできらびやかだ。何も知らない人が家の中を見れば、こちらが主の邸宅だと勘違いしても不思議はない。

真夜中前になってようやく自宅に戻ったフライトは、上着を脱ぎながら居間にやってきた。

「今、帰ったよ」

声をかけると、ソファーに座って手仕事をしていたガウン姿のキアランは、顔を上げ、艶然と微笑んだ。

ウィルフレッドに雇われてからは、キアランはまったく化粧をしなくなったし、服装もハルの家庭教師にふさわしく、上品でシックなものを身につけるようになった。

それでも、以前に増して念入りに手入れを施された彼の素肌は抜けるように美しく、紅など引かずとも、ふっくらした蠱惑的《こわくてき》な唇は珊瑚色《さんごいろ》をしている。

「おかえり、ジャスティン。ずいぶん帰りが遅かったね。何か面倒な仕事でもあったのかい？　言ってくれたら手伝ったのに」

少し心配そうに問われ、フライトは脱いだ上着を持ったまま、キアランの隣に腰を下ろした。すかさずキアランがタイを緩め、シャツの一番上のボタンを細い指で外す。

「ハル様がつけた帳簿のチェックを。まだすべてをお任せするには不安が残るからね。時々は見せていただいて、いわゆる添削をすることにしているんだ。お前はお前で、そっちの作業で忙しいのだろう？」

そう言って、フライトは視線を斜め下に向けた。

キアランの膝の上には、白い小花の飾りがいくつか散らばっていた。傍らには、細い糸をぐるぐる巻きつけて作った糸玉と、細い編み針もある。

「ふふ、確かに。僕もここで夜なべ仕事だったよ。どう、これ。綺麗だろ？」

そう言って、キアランは花飾りを一つ取り上げ、フライトの手のひらに載せた。

花飾りは、大晦日の舞踏会でハルが着る晴れ着に縫いつけるため、すべてキアランが細い糸をレース編みして手作りしたものなのだ。フライトは、繊細な花飾りをしげしげと見つめ、感嘆の声を上げた。

「ああ、これは素晴らしい。しかし、細かい細工だな。あとどのくらい作るのかね？」

「もっともっとだよ。ハルは花の妖精になるんだもの、こぼれるくらいふんだんに、衣装を花で飾ってあげなくちゃ。レース編みは繊細な作業だから、お針子には任せられないんだ」

フライトの手から花飾りをつまみ取り、キアランは楽しげに言った。

もはや、本人に対してはもちろん、こうして自宅でキアランと二人きりのときでさえも、ハルのことを「主の伴侶」として敬うフライトに対して、キアランはいまだに友人扱いをやめない。それは不遜《ふそん》というよりは、ハルを親友、あるいは弟のように思う気持ちの表れとわかっているので、フライトもあえて咎めようとはしなかった。

「衣装を、白い花で飾るのか」

「ううん、この花をね、いろんな色で染めるんだ。って言ってもどぎつい色じゃなく、春めいた、ふんわり淡い色で。頭にも飾るよ。あの子の髪は黒いから、花飾りがきっと素晴らしく映えるよ」

「そうだろうな。無論、ご本人は大変な努力をしておいでだが、お前の衣装の見立てがいつも素晴らしいから、社交界におけるハル様の評判は高まるばかりだ」

「おや、本当かい？　それは嬉しいね」

「異国人同士のカップルが、ああもマーキスの上流階級の人々に愛されるなど、前例のないことだろうね。旦那様も、おひとりの頃は家にこもってばかりでおいでだったが、今は、以前よりずっと社交的におなりになった。その原因は、明らかにハル様だ」

　フライトも、どこか誇らしげにそう言って微笑む。

　かつて、みすぼらしい服装で屋敷を訪れたハルに最初に応対した彼だけに、今の初々《ういうい》しい奥方ぶりが眩《まぶ》しく、嬉しいのだろう。

「そりゃ、舞踏会やパーティに出れば、綺麗に着飾ったハルを自慢しながら楽しくダンスができるんだ。社交的にもおなりだろうさ。ハルの初代教育係のあんたも、鼻が高いね。はあ、それにしても」

　笑顔で言葉を返しつつも、キアランはふと心配そうに形のいい眉をひそめた。フライトは、恋人の憂い顔を訝しむ。

「どうしたね？　何か問題でもあるのかい？」

「いやさ、最近、ハルが旦那様のことをとても心配していてね。例のヴ……絡みっぽい事件、検死してもあんまりいい証拠が摑めずに、珍しく旦那様が苛立ってるって」

　フライトも真顔になり、背もたれに身体を深く預けて嘆息した。

「どうやらそのようだ。我々使用人にはいつもと変わらぬ態度を心がけておられるが、なんとはなしに旦那様が思い詰めておられるのがわかる。旦那様は検死官として、マーキスの平和に寄与しているという強い自負をお持ちなのだろう」

「実際、そうだしね。マーキス警察は、旦那様を大いにあてにしているんだし」

「だからこそ、余計に事件の捜査がいっこうに進まない現状を不甲斐なく思っておられるのだ。わたしが感じ取れるほどだから、旦那様は、ハル様にはもっと率直に苛立ちを表わしておられるのだろうな」

「そうみたい。もちろん、ハルに八つ当たりするとか、暴力をふるうとかじゃないから、そこは安心なんだけどさ。ハルは旦那様の助手でもあるからね。誰よりも傍で旦那様の仕事ぶりを見ているから、自分が何もできないのがつらいみたいで、可哀想だよ。旦那様の好物を作って差し上げても、あまり食が進まないみたいでさ。厨房でしょんぼりしてるもんだから、セディまで心配しちまって」

キアランは小さな溜め息をつきながら、傍らの布袋に花飾りを丁寧にしまい込み、袋を目の前のテーブルに置いた。そして、恋人の身体に軽くもたれかかる。

「ねえ、ジャスティン。僕たちにはお二方のために、お屋敷での暮らしをできるだけ快適にして差し上げることくらいしかできない。歯痒《はがゆ》いねえ。……それにこの騒ぎ、大晦日までに片づくのかな。あと一週間しかないよ。こんな状態のまま年を越すのは、嫌な感じだよね」

そんな珍しく不安げな言葉に、フライトはキアランの肩を抱き寄せ、ほっそりした二の腕を優しく撫でながら口を開いた。

「夜のマーキスは、今やゴーストタウンだ。皆、ヴリュコを恐れて外を出歩こうとしない。このままの状態が長く続けば、酒場も娼館も、経営が危うくなるだろうな。新たな年を心穏やかに迎えるためにも、ヴリュコが実在するのかしないのか、一日も早くはっきりさせてほしいものだね。もっともそれは旦那様のお仕事ではなく、警察の仕事だが」

ギョッとした顔でフライトの口を人差し指で塞《ふさ》ぎ、キアランは「めっ」と怖い顔をした。

「その名前は声に出しちゃ駄目だって、いつも言ってるだろ？　人間が相手なら、僕は誰からだってお前を守るけど、魔物相手じゃどうなるかわからないんだからさ」

そんな小言に、フライトは苦笑いでキアランの豊かな金髪をひと房、指に絡めた。緩やかに波打つ髪はしなやかで、絹糸の束《たば》に触れているようだ。

「おやおや。わたしとしては、何があってもお前を守ると格好よく宣言したいところだったのだが……」

「このキアラン様を守るなんて百年早いよ。でもまあ、惚れた男にそう言ってもらえるのは嬉しいけどね」

徒《あだ》っぽい笑顔でそう言いながら、キアランはフライトの首筋を誘うように軽く撫でる。

「お前を喜ばせることができたなら、それだけで本望だよ」

甘く囁いて、フライトは恋人のたおやかな身体を抱き寄せた。スズランを思わせる優雅な香りが、ふわりと鼻をくすぐる。

しっとりしたキスを幾度も重ね、まずはここで軽く前戯でも……とフライトがキアランをソファーに優しく押し倒し、襟元に手を差し入れようとしたそのとき、キアランがはたと口づけをやめ、フライトの唇に指先を当てた。

「待って」

「……どうしたね？」

訝しげに動きを止めたフライトを、キアランは「しっ」と黙らせてから、こう囁いた。

「外で、妙な物音が聞こえた気がする。お屋敷のほうで」

「物音？」

フライトも、キアランに覆い被さったままの姿勢でじっと耳をそばだてた。ついさっきまでの甘やかな表情は拭ったように消え、引き締まった執事の顔が現れる。

「確かに。声も聞こえるな。誰かが、お屋敷の外で叫んでいるようだ」

「入れてください、助けてください……って聞こえたね。男の声だ。ジャスティン、旦那様やハルより先に」

そう言うキアランの顔にも、緊張の色がある。キアランに促されるより早く、フライトは弾《はじ》かれたようにソファーから下り、上着に袖を通した。

「先に行く」

そう言うなり、フライトは部屋を走り出ていく。

「僕もすぐ行くよ！」

キアランも、動きやすい服に着替えるべく、猛スピードで自室に駆け戻った。

（あれは……！）

フライトがウォッシュボーン邸に駆けつけたとき、門扉も玄関の扉もすでに開いていた。邸内からは、燭台《しょくだい》と思われる小さな灯りが漏れている。

（いかん、遅かったか）

大急ぎで扉の中へ飛び込んだフライトが目にしたのは、ガウン姿のウィルフレッドとハル、それに、独特の長衣で一目でそれとわかるネイディーン神殿の神官だった。年齢は四十代くらいだろうか。頭巾《ずきん》状の帽子が床に落ち、短い灰色の頭髪が覗いている。

床に座り込んだハルが、ガリガリに痩せた神官を抱き起こしていた。神官の両目は固く閉じられ、どうやら彼は気を失っているようだ。

その傍らでは、ウィルフレッドが床に片膝をつき、神官の手を取って脈を確かめていた。

「旦那様、これはいったい……？」

フライトは息を弾ませつつ、主の傍らに跪《ひざまず》いた。ウィルフレッドは小さくかぶりを振って答えた。

「わからない。門扉を激しく揺さぶる音と助けを求める叫び声で目が覚めた。扉を開けたら、このとおりだ。見たところ傷はないし、命に別状はないようだがな。ハル、この人物に見覚えは？　身なりは神官のようだが」

ハルはかぶりを振った。

「少なくとも、俺がいた頃の孤児院の神官先生じゃない。だけど神殿のほうには神官様がたくさんいるから、全員を覚えてるわけじゃないよ」

「そうか。フライト、水を持ってきてくれ」

「はい、ただいま」

フライトは立ち上がると、厨房へ走った。グラスでは間に合うまいと、素焼きのピッチャーに水を汲んで駆け戻る。

「しっかり！　ほら、水だよ。飲んで」

ハルの呼びかけでどうにかうっすら目を開いた神官は、口元にピッチャーをあてがわれると、両手でそれを抱え込むようにしてごくごくと水を呑《の》み、ようやく人心地ついたようだった。

それと同時に意識もはっきりしたのか、彼はハルに身を預けたまま、ウィルフレッドの顔を見て問いかけた。

「そ……そちらの方はもしや、検死官様ではありませんか？」

男のわななく手からピッチャーを取り上げたフライトが、ウィルフレッドに代わり、即座に応《こた》える。

「左様ですが、神官様におかれましては、このような深夜になぜ、当家をお訪ねになられたのでしょう?」

するとと神官は、血走った目でフライトを見やり、必死の形相で訴えた。

「どうぞ……どうぞお救いください。わたくしは街を見回っておりました、神官、です。先ほど、噴水の傍を通りかかったとき……わたくしは……わたくしは、見たのです、あの禍々《まがまが》しい魔物を……ヴリュコ、を」

最後のひと言は掠れた囁き声で言い、神官はワナワナと震える手を動かし、中空に何かの模様を描いた。魔除けの印でも結んだのだろう。

ヴリュコと聞いて、ウィルフレッドもハルも顔色を変えた。

「ヴリュコに襲われたのか⁉」

ウィルフレッドは即座に神官の立て襟を左右にはだけ、首筋を確認した。だがそこには、あの噛み痕のような傷がない。神官は、ゆるゆると首を横に振った。

「いいえ、わたくしは……しかし、同行していた警察官が……襲われ……っ」

「警察官が⁉　噛まれた⁉」

ハルは青ざめた顔で詰問する。神官は、微かに顎を上下させた。

「わたくしにはどうすることもできず、助けを呼ばねばと駆けずり回りました。ですが、どの屋敷も応えてくれず、ようやくここで……。あなた様のお顔を……以前、院長様が殺害されたおり、神殿でお見かけしたことがあり、ああ、ここは検死官様のお屋敷かと……」

ウィルフレッドは、厳しい面持ちで神官を労《ねぎら》った。

「そのとおりだ。よく報せてくれた。現場へは、俺が向かう。……ハル、お前はここで彼を介抱してくれ。フライト、お前は俺と噴水へ」

「かしこまりました」

フライトは、玄関に吊り下げてあったランタンに燭台の火を移した。ハルは、立ち上がったウィルフレッドを不満顔で見上げる。

「俺もついていくよ！」

「すぐに戻る。お前はここにいてくれ。その神官は、襲撃者を目撃した大事な証人だ。他ならぬ俺の助手であるお前に、世話を任せたい」

ウィルフレッドに検死官の顔でそう言われては、強情なハルとて、「わかった」と渋々引き下がるより他はない。

「よろしく頼む。行くぞ、フライト」

「はい。……ハル様、じきにキアランが参ります。今しばらくそのままで」

フライトはそう言い残し、ランタンを手にウィルフレッドに慌ただしくつき従いながらも、内心で「旦那様も、いつの間にかハル様の扱いがお上手になったものだ」と妙な感心をしていた。

街を巡回中だった神官と警察官がヴリュコに襲われたという噴水は、ウォッシュボーン邸の近くにある。ウィルフレッドとフライトはものの一分ほどでそこに辿り着いたが、「事件現場」は闇に包まれ、すでにしんと静まりかえっていた。

「旦那様、魔物、あるいは魔物を装った不届き者がまだ潜んでいるかもしれません。ご用心なさってください」

そう言いながら、フライトはランタンを高く掲げ、噴水の周囲を慎重に歩いた。もう一方の手は、ポケットの中で二つ折りにしたナイフを握り、いつでも襲撃に対応できるよう備えている。

ほどなく二人は、噴水の縁に片手をかけた姿勢で、うつ伏せに倒れている人物を見つけた。

「あそこだ！」

ウィルフレッドは躊躇なくその人物に駆け寄った。フライトがランタンで照らしてみると、その人物が警察官の制服を纏っていることがすぐにわかった。

「おい、しっかりしろ！」

ウィルフレッドは即座に警察官を抱き起こした。まだ若い男性で、頬を軽く叩いても反応はない。彼の全身は弛緩《しかん》し、腕も首も、ダラリと垂れている。

「すでに事切れているようですね」

ウィルフレッドの傍らに立ち、ランタンで警察官を照らしながらフライトはそう言った。

しかしウィルフレッドは、警察官の脈を調べ、鼻と口のあたりに顔を寄せて、「いや」と言った。

「まだ微かだが息がある」

「本当ですか？　まるで死んだばかりの人間のように、身体に力がないようですが。顔つきも、やけに安らかです」

「確かに奇妙だな。……見ろ、彼には、首筋に傷がある。神官の言うとおり、嚙まれたんだな」

ウィルフレッドは、力なく伸びた警察官の右の首筋をフライトに示した。冷静沈着な執事は、上体を屈めて傷口に見入り、ふむ、と片手を顎に当てた。

「なるほど、お話を伺っていたとおり、嚙み痕のように見えますね。しかし、傷がいかにも浅うございます。この程度では、ろくに血は吸えますまい。実際、出血も大したことはないようです」

公営娼館の用心棒をしていた時期があり、荒事には慣れっこのフライトである。さすがとしか言い様のない的確な指摘に、ウィルフレッドは感心したように瞬《まばた》きした。

「鋭いな、お前の言うとおりだ。吸血目的で首に嚙みついたとはとても思えないのは、そこなんだ。太い血管はまったく傷ついていない」

ランタンを掲げたまま、フライトは同意する。

「これでは、わざわざ首に嚙みつく意味はございませんね。とはいえ、この警察官は虫の息です。いくらヴリュコが恐ろしいとはいえ、警察官が恐怖のみで死ぬとは思えませんが。不意打ちならともかく、ヴリュコの出現を警戒しつつ見回っていたわけですからね。ある程度、心構えはできていたはずです」

「まったくだ」

ウィルフレッドは同意しつつ、警察官を石畳の上に横たえた。制服の上着を脱がせて怪我がないかどうかを確かめ、手足を動かしてますます不思議そうな面持ちになる。

「奇妙だぞ。フライト、お前の言うとおり、この男は、死んだばかりの人間のように全身が脱力している。呼吸も今にも止まりそうだ。……だが、瀕死《ひんし》の人間にしては表情も全身状態も、あまりにも穏やかすぎる。俺は外科医をしていた頃、人が死に行くところを幾度も見てきた。どんなに消耗しきった病人でも、死の寸前にはたいてい苦悶《くもん》の表情で、痙攣《けいれん》を起こすものだ。しかし、この男はまるで……」

「まだかろうじて生きているにもかかわらず、すでに死んでいるように見えます」

「ああ。他に大きな傷はなさそうだし、まったくもって奇妙だ。……とにかく、この男を屋敷に運ぶ。俺が背負うから、お前は周囲を警戒してくれ。『吸血鬼』がまだその辺りにいるかもしれんからな」

「かしこまりました。屋敷に戻りましたら、すぐにダグをマーキス警察に報せにやります。

当直の警察官から、エドワーズ警部にすぐ連絡が行くことでしょう」

「そうしてくれ」

短く言って、ウィルフレッドは陸《おか》に上がったクラゲのようにぐんにゃりした警察官を慎重に背負い上げる。フライトは主につき従い、周囲を用心深く警戒しながら、共に屋敷へと急いだ。


エドワーズ警部がブラウン巡査部長を連れてウォッシュボーン邸を訪れたのは、それから小一時間経ってからだった。自宅でぐっすり眠っていたのだろう、制帽を被っていても、エドワーズ警部の赤毛がボサボサに乱れているのがわかる。ブラウン巡査部長に至っては、まだ意識を半分夢の世界に残してきたような半眼《はんめ》だ。

「よう、色男！　夜中にすまん。久しぶりだな」

玄関で二人を出迎えたフライトに、エドワーズは片手を上げて挨拶《あいさつ》した。

だが、フライトにとって目の前の二人は、以前、自分に殺人の疑いをかけ、拘留した挙げ句、手荒い取り調べをしたいけすかない人物である。木で鼻を括《くく》ったような素っ気ない応対になってしまうのも無理はない。

「急ぎの使者を送ったにもかかわらず、ずいぶんとごゆっくりのお越しで」

「今夜は当直じゃなかったんだ、仕方がないだろう。おい、いい加減、あからさまに顰《しか》めっ面をするのはよせよ。いつまでもあんときのことを根に持っててんじゃねえ。……で、どうなんだ、運び込まれた二人は？」

エドワーズは気まずそうに頭を掻《か》きながらも、忙《せわ》しく問いかける。フライトは、実に事務的に答えた。

「神官様はかすり傷程度です。ただ、目の前で警察官が襲撃されたことに大きな衝撃を受けて衰弱しておられますので、客間で旦那様と奥方様が様子を見守っておいでです」

「うちの警察官は？」

「……残念ながら」

さすがに厳粛な面持ちで、フライトはかぶりを振る。エドワーズとブラウンは、揃って嘆息した。ブラウンは胸元でネイディーンの印を切り、ほんの数秒の黙禱を捧《ささ》げる。

「とにかく、客間へ。詳しいことは、旦那様にお聞きになってください」

「ああ、そうさせてもらおう。ブラウン、お前は死んだ警察官の身元を確認しろ」

「はいっ」

ブラウンは硬い表情で頷く。

「では、そちらは後でご案内いたしますので、しばしお待ちを。警部、どうぞ」

フライトは先に立って階段を上がっていく。同僚の死を告げられたエドワーズは、沈痛な面持ちで客間へと向かった。

ウォッシュボーン邸の二階にある小さな客間では、暖炉《だんろ》に赤々と火が燃え、天蓋《てんがい》付きのベッドに先刻の神官が寝かされていた。ベッドサイドの椅子《いす》にはウィルフレッドが腰掛け、ハルも壁際に置かれたオットマンに座り、控えている。

いつもはドタドタ部屋に入ってくるエドワーズだが、さすがに今夜は帽子を脱いで胸に当て、静かにベッドに歩み寄った。

「神官様だけでも無事でよかったぜ。あんたんちの執事によりゃ、神官様にはほとんど怪我がないそうだが、話を聞いても構わんか?」

エドワーズに低く問われ、ウィルフレッドは頷いて立ち上がり、席を譲った。

「ヴリュコ……の疑いのある不審者と遭遇し、それが警察官を襲撃するところを目の当たりにして、かなり動揺している。医者として、限界だと判断したら遮るぞ」

「わかった。……あー、なんというか、ご無事で何よりです、神官様。マーキス警察のエドワーズ警部ですが、状況を聞かせてもらえますかな」

現場叩き上げの剛胆なエドワーズだが、神官相手ではそれなりに気を遣うらしい。ウィルフレッドが座っていた椅子にかけると、声のボリュームをかなり控えて神官に呼びかけた。

すると神官は、片手をベッドにつき、起き上がろうとした。ウィルフレッドが介助し、背中に大きなクッションをあてがう。

上半身を起こした姿勢で、神官は嗄《しわが》れた声で話し始めた。

「力及ばず、申し訳ございません。……わたくしがマーキス市街の見回りに出たのは、これで五度目です。これまでは、何ごともありませんでした。今夜も、あの噴水に差しかかるまでは平穏で……」

「噴水ってなぁ、このすぐ近くのですかい？」

神官は、真っ青な顔で小さく頷く。

「はい。突然、背後からウッと低い声が聞こえました。振り向くと、後ろをついてきていたはずの警察官の方が、倒れていたのです。そして闇の中から現れたのは、黒いローブを纏い、男の姿をした……ああ、あれはヴリュコに違いありません。幾度も話に聞き、書物に描かれているのを見た、ヴリュコの姿そのものでした」

「ちょ、ちょっと待った」

エドワーズは両手を軽く上げ、神官を宥《なだ》めようとしながら問いを発した。

「黒いローブを着ている他に、何かヴ……の特徴があったんですかい？」

「牙《きば》が」

神官は大きく身震いした。

「牙？」

部屋にいる全員の声が同期する。神官は、その光景を思い出したのか、ネイディーンの印を切りながらギュッと目をつぶり、話を続けた。

「私が思わず驚きの声を上げると、男はフードを後ろへはねのけ、顔を見せました。いえ、顔ははっきりとは見えなかったのです。仮面が」

「仮面?」

　エドワーズは鋭い声で問いかける。神官は目を閉じたまま頷いた。

「最初は、ランタンの光が、男の顔に影を落としているのかと思いました。男は、長く……波打つ髪を、垂らしたままでしたので。ですが、違いました。男は真っ黒の仮面で、顔の上半分を隠していたのです。驚くわたくしを見て、男はにいっと大きく口を開けて笑いました。その口から、長い牙が覗いていました。おお……それこそが、ヴリュコの特徴です」

　囁くような声で語り終え、神官は目を開けた。そして、枯れ枝を思わせる細い人差し指で、自分の口許を指さしてみせる。

　エドワーズは腕組みして唸った。彼の背後に立ったウィルフレッドが、躊躇いながらも質問する。

「相手が吸血鬼かもしれないという疑心暗鬼のせいではなく、本当に牙だったか?」

　神官は、今度は深く頷いた。

「はい。ああ、あの恐ろしい姿、禍々しい笑み、ヴリュコであると確信いたしました。ですからわたくしは勇気を振り絞り、ネイディーンの護符を握り締めて、即座に神殿に古くより伝わる退魔の祈禱文《もん》を唱えました。携帯していたガラス瓶を取り出し、聖なる海水を浴びせかけもしました。院長様より、さすれば必ずヴリュコは苦悶し、動けなくなるはずだと聞いておりましたゆえ。しかし……」

「効果がなかった、と」

ウィルフレッドの言葉に、神官は小刻みに震えながら頷く。

「男は少しも怯んだ様子を見せず……わたくしに見せつけるように、倒れた警察官の上に覆い被さり、首筋に嚙みつきました。傷口から流れる血を舐め、男は……あの魔物は旨そうに舌なめずりを……っ！　わたくしは神官でありながら、何一つできず……！」

それ以上話し続けることができず、神官は嗚咽《おえつ》しながらベッドに倒れ伏す。ハルがすぐにベッドに駆け寄り、気つけの酒を小さなグラスに注いで神官に飲ませ、ベッドに横たえた。

そのくらいにしておけと言うように、ウィルフレッドは小さくかぶりを振った。エドワーズも、当座必要な情報は得たと判断したのか、一礼して部屋を出た。ウィルフレッドが、すぐに追いかけてくる。

「おい、先生。神官の話をどう思うよ？　嘘……とまでは言わねえが、恐怖のあまり思い込みを語ってる、なんてこたぁねえよな？」

エドワーズは、低い声で問いかける。ウィルフレッドは、並んで廊下を歩きながら簡潔に自分の意見を述べた。

「彼の言葉に嘘も誇張もないだろう。この家に逃げ込んできたときにも、開口一番、ヴリュコに襲われた警察官を助けてくれと訴えた。彼は本当に、警察官を救うため、助力を得たい一心でここに来たんだ」

「ふむ。てめえの命を惜しみ、恐怖に駆られて逃げ出したわけじゃないってわけか」

「ああ。彼にはすでに、警察官は息を引き取ったと教えてある。もし自分の名誉を保ちたいと考えるなら、言わなければ誰にもわからないことを告白したりはすまい。祈禱文や聖水が効かなかったというのは、神官としての自分の無能を申告するようなものだからな」

エドワーズは歩を進めつつ、無精髭の生えた鼻の下をゴシゴシと擦った。

「それもそうだな。よし。じゃあ、同僚の遺体と会わせてもらおうか、先生」

「無論だ。実は、俺とフライトが噴水に駆けつけたとき、まだ弱いながらも息があったんだ。だが、屋敷に運び入れてほどなく死亡した」

「まだ生きてたのか。なんとか、手当のしようはなかったのかよ?」

エドワーズの声に非難の色はなかったが、ウィルフレッドはすまなそうに首を横に振った。

「後頭部に打撲傷はあったが、死に繋がるとは考えにくい程度だ。それなのに、状態を把握し、処置に取りかかることすらできないほど、死の訪れが早すぎた」

「そうか……」

「彼は、あんたの部下か?」

エドワーズは固い表情で曖昧に頷く。

「いや。今夜の見回りに、俺の直属の部下はいねえ。だが、この事件の捜査責任者は俺だ。だから神官も含め、皆、俺の身内だと思ってる」

「……そうか。命を助けられなくて残念だ」

ウィルフレッドは静かにそう言い、エドワーズも「看取《みと》ってくれて、ありがとよ」と応じる。二人はそのまま、無言で階段を下りていった。


不運な警察官の遺体は、搬出が容易いようにと玄関脇の小部屋に安置されていた。さすがにベッドはないが、庭師のダグが手持ちの板で簡易寝台を組み上げ、そこに寝かせてある。

遺体の傍らに手持ちぶさたな様子で立っていたブラウン巡査部長は、上司とウィルフレッドの姿を見ると、あからさまに安堵の表情を浮かべた。

「あっ、警部、先生！」

仕事熱心だが、いつになっても頼りない部下に、エドワーズはぶっきらぼうに声をかけた。

「おう。身元はわかったか？」

ブラウンは、手に持っていた鑑識票を上司に差し出す。

「はい。レミントン巡査、十九歳ですね。ビーチャム警部補の下について、まだ二年目です」

「……まだ若いのにな。ビーチャムも悲しむだろうよ。ちっ、またこの嚙み痕がありやがる。先生、死因にあては？」

エドワーズは眉を曇らせつつも、遺体の首筋の嚙み痕を確認しつつ問いを発した。

ウィルフレッドは、やはり短く答える。

「これまでの嚙み痕のある死体と同様、はっきりしたことはまだ言えない。だが、今回は、死亡直前の症状をこの目で確認することができた。解剖することによって、何か手がかりを得られるかもしれん。……警察官ではあるが、解剖を許可してもらいたい」

するとエドワーズは、広い肩を揺すり、さも当然と言わんばかりに胸を張った。

「何を言ってる。警察官だからこそ、あんたにきっちり解剖してもらわにゃならん」

「エドワーズ……」

「警察官になるってなあ、マーキス市民の楯《たて》になるってことだ。どんなに吸血鬼が恐ろしかろうと、市民のために身体を張る覚悟は、こいつにもできてたはずだ。運悪く命を落としはしたが、死んでもなお市民を守って戦おうとすんのが警察官魂ってもんだぜ。……存分に戦わせてやってくれや、先生」

エドワーズはほろ苦く笑って、ウィルフレッドの肩を軽く小突く。ウィルフレッドも、厳しい顔つきで頷いた。

「わかった。今度こそ、あんたたちの捜査に役立つような情報を、遺体から探り出してみせる。すぐに、解剖室に運んでくれ」

「おう。ブラウン、馬車を回してこい。レミントンの遺体と、先生と……小僧も連れてくんだろ？　三人を署まで一緒に運ぶ」

「はいっ」

上司の命令に、ブラウンは鉄砲玉のように駆け出していく。それと入れ違いに、黒っぽい服を着たキアランが、猫のようにしなやかに部屋に入ってきた。ウィルフレッドに向かって、優雅な礼をする。

「ただいま戻りました、旦那様。奥方様をしばしおひとりにしてしまったことをお詫《わ》びいたします」

頭を垂れたキアランに、ウィルフレッドは怪訝そうな視線を向けた。

「ハルは俺と一緒にいたから構わないが、どこにいた？」

顔を上げたキアランは、エドワーズを意味ありげな横目で見やり、答えた。

「噴水の付近を見回って参りました」

ウィルフレッドは眉根を寄せ、キアランを軽く睨んだ。

「君の隠密行動には何度も救われてきたが、今回は危険すぎるぞ。深夜に単独行動して、何かあったらどうするんだ」

だが、キアランは涼しい笑顔で雇い主の心配を受け流す。

「ご心配ありがとうございます。ですが、警察が検分を始めるまでには、今しばらく時間がかかりそうだと思ったものですから。現場を調べるのは、早ければ早いほうがいいですからね。僕はかつて夜の生き物でしたから、夜目がきくんです。猫のようにね」

「警察の動きがとろくせえってか。くそっ、今回に限っては返す言葉もねえな。それにしたって、辛辣《しんらつ》だな。亭主への仕打ちをまだ許してくれねえのかよ」

うんざりした顔つきのエドワーズの泣き言を、キアランはきつい視線と居丈高な言葉で跳ね返した。

「当たり前だろ。僕のいちばん大事な人をあんな目に遭わせた奴らは、一生許さないよ」

「キアラン。死者の前だぞ。警察を許さないのは君の自由だが、この場で恨みを語るのは控えるべきだ。……で、何かわかったのか？」

さすがにウィルフレッドが渋い顔で窘め、キアランもおとなしく引き下がった。

「申し訳ありません。まだ周辺に魔物が潜んでいるかと、さすがに少し怖がりながら歩き回ったんですが、不審な人影はありませんでした。ですが、これが」

キアランは、ポケットからハンカチ包みを取り出し、それを開いてウィルフレッドの前に差し出した。ハンカチごとそれを受け取ったウィルフレッドは、鋭い暗青色の目を細める。

「これは……」

清潔なリネンのハンカチに包まれていたのは、小さな黒い布切れだった。しかも、縁の一部が引き裂いたようにギザギザになっている。

ウィルフレッドの手元を覗き込み、エドワーズも顰めっ面になった。

「なんだこりゃ？」

キアランは、エドワーズを無視し、ウィルフレッドに顔を向けて報告する。

「噴水の近くの植え込みに引っかかっていました。人影こそ見えませんでしたが、この布、破れてあまり時間が経っていないようでしたので、下手人《げしゅにん》の衣類の一部かもしれません。万が一、何かのお役に立つかもしれないと持って参りました」

ウィルフレッドは感嘆の目をキアランに向けた。

「よく、暗がりでこんな黒い布が目に留まったものだ。しかも、植え込みとは」

「ふふ。蛇《じゃ》の道は蛇《へび》と申しますでしょう。僕が男娼だった時代、ご一緒していた要人が賊に襲われ、僕がお守りしながら半裸で逃避行……なあんてことが幾度かあったもので、ある場所から素早く立ち去るとき、人目につかない道筋はどこだろうって考えるのは得意なんですよ」

「なるほど……」

ウィルフレッドは、目を見張り、キアランをつくづくと見た。

マーキスにおいては、高級男娼の中には、要人の床の相手だけでなく、ボディガードをも務める者がいる。キアランはかつて、そういう特別な高級男娼のひとりだった。

それはフライトから何度も聞いて知っているし、実際、得物を手に大活躍するキアランを目の当たりにしたこともあるウィルフレッドだが、目の前で微笑む彼があまりにもたおやかで美しいので、驚かずにはいられないのだ。

だがエドワーズは、冷淡に扱われていることなど気にも留めず、大きく首を捻《ひね》った。

「これまで何度か目撃された襲撃者は、目撃者によれば黒っぽいローブを着ていた。今夜の襲撃者もだ。確かに、長いローブで闇ん中を移動してりゃ、植え込みの枝に裾やら袖やらを引っかけて、ちぎれることがあるかもしれねえ。だが、ちぎれてあまり時間が経ってないってことは、なんでわかったんだ？」

するとキアランは、やはりつっけんどんに答えた。

「決まってるだろ、臭《にお》いだよ。布に強い臭いが染みついて、まだ抜けてない」

「臭い？」

エドワードだけでなく、ウィルフレッドも同じことを疑問に思っていたらしい。二人の男たちは、同時に布切れに鼻を近づける。

「むっ、確かに何か臭うな。薬くせえっつか、青くせえっつか」

「確かに。どうも植物らしきものを思わせる臭いがするな。キアラン、同じ臭いを、布があった周囲のどこかで嗅いだか？」

ウィルフレッドに問われ、キアランはかぶりを振った。

「残念ながら。なので、それが犯人の服の一部とは断言できません。あまりめぼしい収穫がなくて申し訳ありません、旦那様」

キアランは胸に手を当て、軽く頭を下げる。ウィルフレッドは労るように、そんなキアランの肩を軽く叩いた。

「いや、恐怖を押して見回ってくれた、その気持ちだけで十分だ。だが、過ぎた危険は冒してくれるな。君に何かあれば、悲しむのはフライトだけではない。ハルにとって、ひいては俺にとっても、君はすでにこの屋敷になくてはならない人物なんだからな」

「……もったいないお言葉、このキアラン、肝に銘じます」

主の心のこもった言葉に、キアランは嬉しそうに微笑み、優雅に膝を曲げて一礼した。その笑顔に乗じて機嫌を取ろうと思ったのか、エドワーズもすかさず声をかける。

「実際、関係があるかないかはわからねえが、闇の中でこれを見つけてくる眼力は大したもんだ。脱帽するぜ。捜査協力、ありがとよ」

だがキアランは、表情をガラリと変えてフンと鼻を鳴らした。

「捜査協力なんざ、した覚えはないね。ただ、僕の大事な奥方様が、旦那様を案じておられるからね。少しでも早く事件が解決するよう、お助けしたいだけさ。さあ、こんなところで油を売ってないで、さっさと戻りな。神官様は、もう少し落ちつかれてから、僕とジャスティンが神殿までお送りするから」

「おう、重ね重ね助かる。……なあおい、フライトの件は、こっちも仕事だったんだからそう怒るなよ、なんてぇ言い訳はしねえ。冤罪《えんざい》で、お前の旦那をしょっ引いて牢《ろう》に押し込め、さんざんボコったことは事実だ。いつか必ず、何かの機会に埋め合わせはさせてもらう。約束する」

　エドワーズはキアランの冷淡な視線を受け止め、珍しく真剣な顔つきでそう言った。はっきり言葉で詫びたわけではないが、事実上の謝罪である。

　アングレに下って以来、独自の軍組織を持たないマーキスにおいては、警察が治安維持においては軍隊的な要素も併せ持っており、そのせいか警察官は皆、市民に対して、ある程度高圧的、抑圧的に接することが多い。それだけに、真摯なエドワーズの言葉は、さすがのキアランにもちょっとした驚きを持って受け止められたようだった。

「へえぇ。そんじゃ、素敵な埋め合わせをせいぜい期待させてもらうよ」

　相変わらずキアランの口ぶりは素っ気ないが、ほんの少し声音は柔らかくなっている。

「おう。神官様のことは、気の利かない俺たちより、お前らに任せたほうがいいだろう。神殿のほうには、明朝、必ず事情説明のために人をやると伝えてくれ」

「わかった。旦那様、奥方様は今、神官様のお傍に？」

「ああ」

「では、つき添いを交代して参ります」

キアランは軽く身を翻して、小部屋から姿を消す。ウィルフレッドは、布切れをハンカチに包み、エドワーズに差し出した。

「これは一応、事件の捜査資料としてあんたが持っておけ」

「おう。……ああ、馬車が来たみたいだな。俺は他の部下と合流して、事件現場の検証を始める。ブラウンを一緒に行かせるから、解剖のほうはよろしく頼むぜ。終わる頃には、署に戻るようにするからよ」

「心得た」

馬車の車輪の音を聞きつけ、エドワーズはウィルフレッドを促して小部屋を出た。玄関からは、ブラウンを先頭に、担架を担いだ数人の若い警察官が入ってくる。

「ウィルフレッド！」

そこへ、ハルが検死道具の詰まった大きな革鞄を抱えて階段を駆け下りてきた。

「急ぐと落ちるぞ。大丈夫、お前はなくてはならない助手だ、置いていったりはしない」

優しく窘《たしな》め、ハルに手を差し伸べながらも、ウィルフレッドは今度こそヴリュコの正体を見極めてやるという強い決意に、口元を引き締めた……。

＊　　＊

解剖室の中には、ウィルフレッドの視界を明るく保てるよう、天井からいくつもランプが吊り下げられている。

揺らめく炎が、解剖台に載せられたレミントン巡査の裸体を照らしていた。ランプに入れた油の臭いと、切開された遺体から流れる血の臭いが混じり合い、独特の空気を漂わせている。

しんと静まりかえった室内に、ウィルフレッドが鋏《はさみ》やメスを置く固い音だけが響く。

「よし。胸部、腹部の臓器は摘出、切開し終えた」

ウィルフレッドは浅い吐息混じりにそう言った。遺体を傷めないよう、解剖室の内部には火を焚《た》いていないので、吐く息は白い。

ハルは、ウィルフレッドが置いたメスをすぐに水洗いしながら問いかけた。

「何か、異常は見つかった?」

「いや。内臓にはこれといって異常はない。しかし、筋肉が……。最初の犠牲者である娼婦を解剖したときからずっとぼんやりした疑問があったんだが」

「何? 傍で見てた俺はわかんなかったけど、何かあった?」

「柔らかすぎるんだ」

「柔らかすぎる? どういうこと?」

ウィルフレッドの思わぬ指摘に、ハルは驚いて、洗い桶にメスを置き、ウィルフレッドの隣に歩み寄った。

「推定される死後経過時間と、死体硬直の度合いがどうも合致しないという印象があった」

「……ああ。そっか。死んで間もない死体は、だんだん固まっていって、一日くらいの間はカチカチだもんね。そこからはどんどん緩んでくるけど」

ウィルフレッドの助手を務めるうち、ハルにもそれなりの医学的な知識がついている。言葉は素朴だが実に的確な指摘に、ウィルフレッドは満足げに頷いた。

「そうだ。お前の言うところの『カチカチ』であるはずの死体が、妙に緩んでいるという印象があったんだ。そして、今だ。このレミントン巡査の場合、死の瞬間に、俺が立ち会っていた。今、死後約三時間が経過している」

ハルは、天井を仰いで考えながら言った。

「三時間……ってことは、きっと、顎のあたりから首とか腕の付け根あたり、固まり始めてる頃だよな?」

「その通りだ。だが、硬直がろくに来ていない。実は発見時もそうだったんだ」

「噴水でこの人を見つけたとき? まだ生きてたって言ってたよな? 俺が神官様の手当をしてる間に、亡くなっちゃってたけど」

「まだ生きていた。だが、全身が弛緩して、呼吸が微弱だった。頸部に咬傷、後頭部に打撲傷はあったが、それだけだ」

ウィルフレッドの説明に、ハルは盛んに首を傾げる。

「どっちも死ぬような怪我じゃないもんな」

「ああ。心臓の拍動《はくどう》はしっかりしているのに、それ以外の部分がゆるゆると動きを止め、ついに呼吸が止まったことによって、やむなく心臓も鼓動を止めざるを得ない……そんな奇妙な死に方だった」

「俺は詳しいことはわかんないけど、凄く変な感じがするな、それ。……まさか、ヴ……の呪《のろ》い？　そんな話は聞いたことないけど、首に噛みつかれると、何かこう、血を吸われるっていうより、命を吸い取られるとか、そういう……」

ハルはブルッと身体を震わせたが、ウィルフレッドは顰め っ面で即座に言い返した。

「呪いなどという非科学的な要素は、最後の選択肢だ。全身を調べ尽くすまで、俺はそんな非科学的な可能性には逃げないぞ」

「ご、ごめん。だよな。じゃあ、次は何を調べる？」

ハルは気を取り直し、頭をぶるんと振ってから問いかける。ウィルフレッドは、ハルが綺麗に洗ったメスを再び取り上げた。

「あとは、残しておいた頸部の咬傷だな。傷口を、しっかり調べてみよう」

「わかった。俺が手伝うことは？」

ウィルフレッドは、噛み傷のある右側頸部がよく見えるよう、遺体の右肩の下に木製の枕を差し入れながら答えた。

「視野をもっと明るくしたい。頸部を照らしてくれるか」

「頑張ってみる！」

ハルは、書記席に置かれていたランプを取り、低い踏み台をウィルフレッドの背後に置いた。そこに乗り、高さと角度を試行錯誤しながら、ウィルフレッドの手元に影が落ちないよう、遺体の右側頸部をランプの炎で照らす。

これまでも、ウィルフレッドは遺体の側頸部に残された咬傷を丹念に切開し、調べてきた。だが、なんの特徴的な所見も、事件捜査に役立つ手がかりも、そこからは得られなかった。

今回も外見的には、他の遺体に残されていたのと同じような咬傷であるように見える。それでもウィルフレッドは決してへこたれることなく、メスとピンセットを構えた。

オトガイの下から頸部正中へ真っ直ぐ入れた切開線から、咬傷のある右側頸部に向かって、丁寧に皮膚を剝離《はくり》していく。

ピンセットで摘ままれた薄い皮膚が、その下の筋肉を一筋も傷つけることなく剝がされていくのを、ハルも息を詰めて見守った。

やがて、咬傷部分の皮膚が綺麗に取り除かれ、筋肉と、周囲の柔らかい組織が傷ついているのがはっきりと見えるようになった。

「やっぱり、他の死体の噛み痕と変わらないように見えるな。二つの傷の距離も、同じくらいじゃないか？」

ハルが小声で語りかけると、ウィルフレッドは振り返らずに同意した。

「ああ。二つの傷の形状も距離も、他とそっくり同じだ。……もう少し灯りを上に頼む」

「はいっ」

ハルはジワジワ疲れてきた腕を励まし、ランプをさらに高く掲げる。ウィルフレッドは、細い鉄製の棒で傷口の深さを慎重に確かめてから、再びメスを取った。

「傷口を切開してみよう。もうしばらく、我慢して照らしておいてくれ」

「うん。灯りはしっかり持ってるから、ゆっくりやっていいよ」

互いに顔を見なくても、相手の表情や気持ちはよくわかる。ハルは、ウィルフレッドの緊張を、肌がピリピリするような思いで分かち合っていた。

この傷口から何も所見が得られなければ、またしても「遺体を解剖したのに収穫なし」という、検死官にとってはもっとも屈辱的、かつ死者に対する罪悪感に苛《さいな》まれる事態に陥ることとなる。

（何か見つかってくれよ……！　この死んだ警察官のためにも、ウィルフレッドのためにも、警察のためにも……マーキスのみんなのためにも！）

祈るような思いで、ハルは息を詰め、ウィルフレッドの操るメスを見守る。

だが、傷口にメスを差し入れたウィルフレッドは、すぐに動きを止めてしまった。

「どうかした?」

ハルはランプを保持したまま、ウィルフレッドの手元を覗き込む。ウィルフレッドは、緊張した口調で短く答えた。

「何かがメスの刃先に当たった」

「ホントか? 傷の中に何かが入ってるってこと?」

「……ハル、頬が熱い。ランプを近づけすぎだ」

「あっ、ごめん! でも、何かあった?」

ランプでウィルフレッドの銀髪を焦がしそうになり、ハルは慌ててランプをかざし直す。

ウィルフレッドは、メスを小さなピンセットに持ち替え、両手に大小のピンセットという実に器用な体勢で答えた。

「骨にささくれができているのでなければ、異物ということになるな。探ってみよう」

「……うん!」

ハルはゴクリと生唾を飲んだ。ウィルフレッドが手にしたピンセットの先端が、筋肉にぱっくり開いた傷口へと沈み……やがて、実に慎重にひき抜かれた。

「あっ」

ハルが小さな驚きの声を上げる。

ピンセットの先端に摘まれていたものは、ごく細く短い金属の棒だった。血液が付着しているが、銀色の輝きがはっきりと見てとれる。

「ウィルフレッド、それ、何⁉」

ハルの問いかけに、ウィルフレッドは鋭い目を輝かせて答えた。

「なるほど。……読めてきたぞ。ハル、すぐにエドワーズを呼んできてくれ。まだ現場にいるなら、すぐさま呼び返せ」

「わかった！」

どうやら、ウィルフレッドは何か大きな手がかりを得たらしい。だが、それがいったい何であるかは、確信を得るまで教えてくれることはないだろう。

そう悟り、ハルは後ろ髪を引かれるような思いで手袋とエプロンを脱ぎ捨て、エドワーズのオフィスに向かって駆け出した……。

四章　虎の威を借る狐

すぐ戻れというウィルフレッドの要請を受け、現場からとんぼ返りしたエドワーズ警部は、解剖室で仁王立ちになっていた。

そこに、ウィルフレッドとハルの姿がなかったのである。

解剖台の上には、見事に縫合され、身体を清められ、清潔なシーツに全身を覆われたレミントン巡査の遺体が安置され、胸の上には女神ネイディーンの護符が置かれていた。

どうやら完璧に解剖を終わらせ、二人はすでに立ち去ったらしい。解剖台の端に、ウィルフレッドのいかにも几帳面《きちょうめん》そうな字体で書かれた、「拙宅《せったく》に来られたし」というメモ一枚だけが残されていた。

「先生が帰ったのにブラウンが気づかなかったってことは、辻《つじ》馬車を捕まえたのか。よっぽど急いでたとみえる。……ま、とにかく先生のお屋敷に行ってみるとするか」

呟きながら、エドワーズはレミントン巡査の遺体に歩み寄り、頭部を覆うシーツを胸元までめくった。

石像のように青ざめた若者の顔は、不思議なほど安らかに見える。ともすれば眠りから覚めて、起き上がりそうですらあった。

「必ず事件を解決して、お前の仇《かたき》は取るからな」

悔しそうな顔でそう囁きかけ、エドワーズはしばしの間、そのまま頭を垂れて祈りを捧げた。


エドワーズがひとりで馬を走らせ、ウォッシュボーン邸に駆けつける頃には、空が白みはじめていた。

フライトと顔を合わせたら、神官を神殿に送り届けてくれたことに礼を言わねばと考えていたエドワーズだが、エントランスで彼を出迎えたのはくだんの執事ではなく、年端も行かない少年……セディだった。

「な、なんだ、お前さんは？　ガキがやけに早起きだな」

意表を突かれて軽くのけぞるエドワーズに向かって、セディは眠そうな顔で、しかし礼儀正しくペコリと頭を下げた。キアランの指導が厳しいおかげで、完璧な角度のお辞儀である。

「僕、ばあちゃ……祖母の代わりにここでしばらく働かせてもらってるセディといいます。エドワーズ警部、さん？」

エドワーズは戸惑いながらも頷く。

「おう。なんだ、俺を待っててくれたのか。やれやれ、ウォッシュボーン先生は、またしても毛色の変わった使用人を雇ったもんだな。おい、いつからいるんだ、お前さんは。祖母《ばあ》さんってなあ、誰……ああ、ここで年寄りといえばブリジットか？」

「はい。もうすぐ一ヶ月になります。いつもはお屋敷の中でいろんな仕事を手伝わせてもらってるんだけど、今、フライトさんもキアラン先生も忙しいから、僕がフライトさんの代わりに警部さんをお出迎えしろって。ええと、帽子と、コートをお預か……あれ、どっちもないや。えっと……」

一生懸命敬語を使おうとしたセディだが、予想と違う展開に、ちょっと慌てた様子で口をパクパクさせる。エドワーズは苦笑いで、自分と同じ髪色をした少年の頭をクシャッと撫でた。

「慌てて出てきたんで、帽子も外套《がいとう》も署に忘れてきちまった。お前に預けるもんがなくて、悪ぃな」

「うう……じ、じゃあ、馬は？」

「そこでダグに会ったから、預けてきた。俺のことは心配要らねえよ。それよか、先生と小僧はいるか？　あと、執事と連れ合いはなんだってそんなに忙しい？」

するると、ハルのお古のシャツとベスト、それに半ズボンを着てかしこまったセディは、階段のほうを振り返った。

「みんな、帰ってからずっと旦那様の書斎に集まって、調べ物してる……ます！」

「調べ物だ？　俺を呼びつけといて、なんだかな。まあいい、じゃあちょっと邪魔す……」

勝手知ったたる人の家とばかりに階段へ向かおうとしたエドワーズだが、制服の上着を思いきり引っ張られ、つんのめるように足を止める。

振り向けば、セディが上着の裾を摑んで、必死の形相をしていた。

「なんだ？　まだなんかあんのか？」

戸惑いと苛立ちの交じったエドワーズの銅鑼声《どらごえ》に首をキュッと縮こめながらも、セディは両脚を踏ん張って言い張った。

「ダメです！　僕がご案内、するんですっ」

「……ああ、なるほど。お前が執事の代わりだったな。ほんじゃ、素早く頼むわ」

「はいっ、では……こちらへどうぞっ！」

セディは張り切って先に立ち、エドワーズにとっては何十回と上り下りしたお馴染みの階段を、半身になって振り返りながら上ろうとする。

「おいおい、頼むから落ちるなよ。俺を見なくていいから、前を向いて歩け」

気は急くが、一生懸命のセディを見ていると、とっくに独立した自分の息子が同じ年頃だった頃を思い出し、無碍《むげ》にはできないエドワーズである。万が一、セディが階段を転げ落ちてきても受け止められるように、身構えながら階段を踏みしめ、上がっていった。

「うお」

それが、書斎に一歩踏み込んだ瞬間、百戦錬磨のエドワーズの口から漏れた、あまりにも無防備な驚きの声だった。

「こりゃひでえ」

エドワーズを案内してきたセディも、わあ、と言ったきり立ち尽くしている。

いつもはフライトによって完璧に整理整頓《せいとん》されているウィルフレッドの書斎は、今や足の踏み場もないほど散らかっていた。

そうは言っても、ゴミが落ちているわけではない。床のあちこちに、本の山ができているのである。そして、そうした山の合間に、ウィルフレッドとハルとフライト、それにキアランの頭が見えた。

どうやら彼らは、部屋の大半を占める本棚から手当たり次第に本を取り出し、中身を調べているようだ。それぞれが陣取った場所に、燭台やランプが置かれている。

本棚から本を抜き出し、両手に抱えたハルは、部屋に入ってきた二人に気づき、声をかけた。

「よう、オッサン。入りなよ。セディ、ありがとな。眠いだろ。寝直してきていいぞ」

「大丈夫ですっ。じゃあ僕、ポーリーンさんのお手伝いをしてきます！」

そう言って、セディはクルリと踵《きびす》を返した。廊下をバタバタと駆ける元気な足音に、絨毯《じゅうたん》の上に座り込んでページを繰りながら、フライトは苦々しく呟く。

「お屋敷の中では走ってはならんと何度言えば理解するやら、あれは」

「まあまあ。非常時だから大目に見てやりなよ。……何突っ立ってんのさ。とっとと入って扉を閉めな。冷気が入って寒いだろ」

フライトを優しく窘めたと思うと、キアランはエドワーズを尖った声で叱りつける。それでも無視されるよりはマシかと、エドワーズは「すまん」と素直に謝り、扉を閉めた。

小さな暖炉で赤々と火が燃えているので、室内は早朝にもかかわらず、十分に暖かい。

「勝手に帰ってしまってすまなかった、エドワーズ。だが、どうしても自宅で調べたいことがあったのでな。こちらへ来てくれ」

部屋のいちばん奥まった場所にある書き物机から立ち上がり、ウィルフレッドが呼びかける。エドワーズは、散らばった本を踏まないよう危ういバランスを取りながら、どうにか机の前まで行った。

「こっちこそ、遅くなってすまねえ。現場じゃ、夜のうちにキアランが見つけてくれた、あの布っきれ以外は収穫がてんでなくてな。そっちは、解剖で何かわかったのか？」

「ああ、何はともあれ、これを見てくれ」

そう言うと、ウィルフレッドは机の上の本を端に寄せ、確保したスペースに机の引き出しからガラス製のシャーレを取り出して置いた。

「むむ？」

エドワーズは、シャーレを取り上げ、目を細めて中身を覗く。

「なんだこりゃ。……針金……いや、先が尖ってるな。針か」

ウィルフレッドは、厳しい面持ちで頷いた。

「ただの針ではない。よく見てみろ」

「むむ？　おう、中心に穴が通ってるな。おい、先生。こりゃあもしかして」

「おそらく、注射針の先端部だ。レミントン巡査の頸部、咬傷の中から見つけ出した」

机の脇に立って分厚い本を調べていたハルが、思わず立ち上がり、ウィルフレッドの傍らにやってきた。さっきエドワーズがしていたように、シャーレを両手で目の高さに持ち、中に入れられた長さ一センチにも満たない針をしげしげと見る。

エドワーズは、困惑の面持ちでウィルフレッドとハルの手の中にあるシャーレを見比べた。

「どういうことだ？　注射針の先？」

ウィルフレッドは、そこでようやく口元をわずかに緩めた。

「結論を先に述べると、首筋に咬傷が認められた一連の変死事件は、ヴリュコの仕業などではない。伝説の吸血鬼を装った、れっきとした人間の仕業だ」

エドワーズだけでなく、ようやくウィルフレッドの考えを聞けたハルも、主から命じられるままに黙々と調べ物に励んでいたフライトとキアランまでもが、驚きの声を上げ、作業の手を止める。

「マジかよ、先生」

皆の気持ちを代弁するようなエドワーズの言葉に、ウィルフレッドははっきりと頷き、机の上に置いてあったガラス製の注射器を取り上げた。

「今度こそ、断言できる。噛み痕は、注射痕を誤魔化《ごまか》すための細工だ」

「つまり、なんらかの毒物を首筋に注射したってことかい。ってこたぁ、殺人だな⁉」

「ああ、そうだ。おそらく犯人は、目撃者の前でわざと被害者の首筋に噛みつき、自分を吸血鬼に見せかけた。たぶん、尖った牙の義歯でも装着していたんだろう」

ハルはシャーレを机に戻し、憤慨した面持ちでウィルフレッドを見た。

「なんだよ、それ！　なんでそんなこと！」

「俺に怒られても困るが……マーキスの人々の深層意識には、ヴリュコに対する恐怖心が強く植えつけられている。そのマーキスで、首に咬傷のある死体が見つかれば、きっとそれはヴリュコの仕業に違いないと考えられると踏んだのではないだろうか」

エドワーズが忌々しげに舌打ちした。

「チッ。警察も舐められたもんだぜ。つまりこりゃあ、被害者《ガイシャ》の首に噛み傷をまず作っておいて、その傷に注射針を突き刺したってからくりか」

ウィルフレッドは頷き、自分の右側頸部を指し示した。

「細い針だ、噛まれたことで、すでに挫滅《ざめつ》した組織に突き刺されては、とても気づけない。これまでは同じ方法で、まったく証拠を残さず殺人を成功させてきたんだ。しかし今回は、針が首に刺さったとき、レミントン巡査が何かの弾みで首を激しく動かしたんだろう。それで、細い針の先が折れて残った」

それを聞いて、エドワーズは鼻息荒く何度も頷く。

「おう！　あいつはきっと、必死の抵抗をしたんだ。俺たちに、自分がそいつに殺されたんだっていう証拠を、最後の力を振り絞っててめえの身体に残してくれたに違いねえ」

「オッサン……」

エドワーズの声は、最後のほうは震えて、わずかに湿り気を帯びていた。ハルは気遣わしそうに呼びかけたが、エドワーズはキッと顔を上げ、問いを重ねた。

「それにしても、犯人はいったい何を注射したんだ？　無論、毒薬だろうとは思うが、どんな毒か見当はついてるのかい、先生よ」

するとウィルフレッドは、惨憺《さんたん》たる有様の書斎を見渡してから、エドワーズに視線を戻した。

「これまでの変死体を解剖して疑問を持ち、今日のレミントン巡査の解剖所見から確信を得た。それに加えて、キアランが発見した黒い布切れに染みついた植物の臭気から、うっすらと心当たりの毒薬がある」

「そりゃいったいなんだ！」

エドワーズはウィルフレッドに詰め寄る。だがウィルフレッドは、少し情けなさそうに眉尻を下げて答えた。

「この書斎にある本の、どこかに書いてあったと思う……という程度で、記憶が実におぼろげなんだ。だから家に戻り、こうして皆の力を借りて、片っ端から調べてもらっている」

エドワーズは、呆れ顔で部屋じゅうに散乱した本を見回した。

「それでこのザマかよ。つーか、片っ端からっていっても、凄《すさ》まじい数の本じゃねえか」

「そうなんだ。だが、未読の本も多い。それらは除外できるのが、せめてもの幸いだな」

ウィルフレッドは大真面目な顔で、そんな間の抜けた慰めを口にする。さっきの興奮が、それこそ空気の抜けた風船のようにたちまちしぼんでいくのがわかる声音で、エドワーズは力なく相づちを打つ。

「……まあ、まだ読んでねえ本の内容は、覚えようがないからな」

「そういうことだ。というわけで、よかったらあんたも作業を手伝ってくれないか。少しでも早く、目的の記述に辿り着きたい」

「いやあ……俺はちょっと。検死報告書以外の書類を読むと、どうも頭痛がな」

分厚い、古びた革表紙の本をウィルフレッドに差し出され、エドワーズは両の手のひらを立てて、やんわり敬遠したい素振りをする。

「なんだよ、オッサン。手伝えよ！」

寝不足で腫《は》れぼったい目をしたハルに詰め寄られ、エドワーズがギョロ目を白黒させたそのとき、フライトがスッと立って机の前に立った。

「お取り込み中失礼しますが、もしやこの本ではないでしょうか」

「おっ！　見つかったのかっ」

エドワーズはこれ幸いと、机の上にフライトが開いてみせたページに必要以上に熱心に見入る。

ウィルフレッドもハルもキアランも、本を取り囲んだ。

ウィルフレッドの書斎には、子供向けの童話から医学的な古文書まで、実に雑多な年代、分野の本が山の様に収蔵されているが、フライトが持ってきたのは、大判の、羊皮紙に極彩色で手描きされた豪華な本だった。革表紙には、美しい蔦《つた》の模様が箔《はく》押しされている。

開いたページには、見たこともないような植物の絵が生き生きと描かれていた。緑の葉は紡錘《ぼうすい》型でクッキリした……まるで男の割れた腹筋のような葉脈が走っており、白っぽい花は、花びらがロウソクのように細長い筒状の不思議な形をしている。ちょこんと突き出しためしべがまるで芯《しん》のようだ。

その下には、薄気味悪いほど色鮮やかな青と黒のだんだら模様のカエルや、分厚い葉を持

つ樹木の幹から、ミルクのような白い液体が滴っている絵、それに何種類かのつる性植物なども描かれている。

ハルとキアランは、「ああ！」と喜びを声を上げた。

「ウィルフレッドが探せって言ってた、風変わりな植物とすっげー色合いのカエルの絵だ！　文章もついてるな。これ、何語？　うう……そもそも読みにくいな、この文字。あっちこっちに余計なヒゲみたいなクルクルがついててさ」

ハルは装飾的に美しく書かれた文字列を読もうとして、不満げに唸った。

てっきりマーキス語で書かれていると思った文章は、文脈こそ大まかに理解できるものの、あちこちにハルにはわからない単語がちりばめられている。

「これは、古いマーキス語でございますよ、ハル様。アングレに併合される前の、マーキスが王国だった頃に使われていた言葉です。独特の単語や言い回しがあって、読むにはいささか知識が必要かと」

慇懃《いんぎん》に答えたフライトに、ハルは黒い目に尊敬の色を滲《にじ》ませた。

「ウィルフレッドだけじゃなく、フライトもそんなに古い言葉が読めるのか？」

「旦那様やキアランほど多くの言語に堪能ではありませんが、この程度でしたら。過去にお仕えした主の中には、王国当時の雅な宴の再現をお望みになる方がいらっしゃいましたから、そういうときは、古い書物を読み解かねばなりませんでした。必要に迫られて、学んだまでです」

「へえ……。で、なんて書いてあんの、この文章」

フライトは、文章の冒頭を人差し指で軽く押さえ、多少芝居がかった口調で言った。

「ここに、『ウーラリによる狩猟』とありますね」

ハルとキアランは同時に首を傾げ、エドワーズは「ウーラリ？」と耳慣れない単語を復唱する。

フライトの視線を受けたウィルフレッドは、満足げに、しかし慌ただしく、文章に目を走らせた。

いつもは冷静沈着な彼が、興奮を抑えきれずにいるのがハルにはわかる。まるで、長らく空振りだった道行きの末、ようやく野ウサギの匂いを嗅ぎつけたハウンドのような精悍《せいかん》かつ獰猛《どうもう》な表情で、ウィルフレッドは暗青色の目を忙しく左右させながら口を開いた。

「確かにこの本だ。よく見つけてくれた、フライト。これは、古のマーキスの貿易商が、遥《はる》か南方、高温多湿のジャングル地帯を初めて訪れたときの、言うなれば探険記録なんだ」

「へえ。探険かあ。かっこいいな！」

かつては船に乗り込み、世界中を料理修業してまわりたいという夢を持っていたハルは、ウィルフレッドに寄り添って大きな瞳を輝かせる。

「勇敢な貿易商は、未知の動物や昆虫を恐れずジャングルに分け入り、森深くひっそり暮らす原住民の部族と交流をはかり、物々交換で珍しい品物を数多く手に入れた。同時に彼は、ジャングルで見かけた珍しい品々や生物を丹念にスケッチし、マーキスに戻ってこの本を雇った絵師に描かせたんだ。他にも、ジャングルに住む色々な部族の生活風景を、生き生きと記録している。なかなか興味深い本で、記憶に残っていた」

「それで、今フライトが言った、う……うー……うーなんとか？　それって何？　狩猟に使うのなら、武器？」

「ウーラリ。原住民の言葉で、『鳥殺し』を表す言葉だと書いてある。ここに描かれている植物やカエルからは、同じ系統の毒が採《と》れるんだ。特に、植物の根からは強力な毒が採取される。それを煮詰め、他の樹液でとろみをつけたものを、原住民はウーラリと呼んでいる。彼らはそれを矢毒に使い、狩りを行っていたそうだ」

「矢毒？」

首を傾げるハルに、キアランが説明してやる。

「鏃《やじり》に強い毒を塗り込んで、その矢で獣や鳥を打つんだよ。毒が傷口から全身に回って、獲物はあっという間に死んじまう。今でも暗殺者って連中は、その手の毒を刃物に仕込むもんだよ」

「それ、万が一、間違って自分に刺さったりしたらどうなるんだ？」

「そりゃもちろん死ぬさ」

「うわあ……」

ハルは、ブルッと身を震わせる。だがエドワーズは、さすが警察官というべきか、不審そうにウィルフレッドに問いかけた。

「けどよう、先生。毒矢で殺した動物の身体には、毒が回ってるわけだろ？　仕留めても、危なくて食えないんじゃねえか？」

「あ、ホントだ。どうなんだよ、ウィルフレッド？　それも、本に書いてある？」

「ああ、書いてある。この毒のことが、俺の脳にかろうじて引っかかっていたいちばんの理由は、独特の作用の記述なんだ……確か、このあたりに」

小柄なハルを自分の前に立たせ、両腕で華奢《きやしや》な身体を挟むようにして、ウィルフレッドはページをめくった。指先で文字をなぞりながら、該当箇所を皆のために読み上げる。

「ああ、ここだ。『普通の矢毒を用いた場合、原住民は仕留めた獣から、矢が刺さった分の肉を大きく切り取って捨てなくてはならない。そうしないと、毒が全身にまんべんなく広がって、食べられなくなってしまうからだ。しかし、このウーラリは例外である。この毒は、獲物の肉に染み込んだところで、口から入れる分には無害なのだ』と書いてある」

「そんなことってあるのかなあ。毒なんて、口から入ろうと傷口から入ろうと、同じことじゃないの？　あっ、し、失礼いたしました。今のは独り言でございます」

思わず主人の前であることを忘れ、キアランはつい心に浮かんだ疑問を口に出してしまう。

怖い顔のフライトに肘で二の腕を小突かれ、彼はハッとしてごまかし笑いをした。

　ウィルフレッドは「別に構わん」と鷹揚《おうよう》にいなし、キアランの疑問に明確に答えた。

「そこまでの考察は、書物に書かれていない。だからあくまで俺の推測だが、おそらくウーラリは、胃が出す酸で無毒化されるんだろう。どうやってそれを原住民が見いだしたのかは興味深いところだが」

「なるほど！」

　キアランはポンと手を打ち、ハルはウィルフレッドの腕の中で、軽く身を捩《よじ》って伴侶の端整な顔を見上げた。

「じゃあ、傷口から入れば動物を殺すほどの毒なのに、同じ毒が浸みた肉を食べても死なないってこと？」

「そういうことだ」

「そいつぁ、便利な毒だな。だが先生、なんだってそのウ……ウーラリって毒が、今回使われた毒じゃないかと考えたんだ？　犯人は、さすがに人肉は食らってねえぞ？」

　エドワーズの質問に、ウィルフレッドは再び本の一部を読み上げる。

「その理由も、ここに書いてある。『ウーラリは、口から入れれば無毒という他に、もう一つ原住民たちにとっては嬉しい効果をもたらす。わたしも彼らが仕留めた猿をご馳走《ちそう》になったときに実感したのだが、ウーラリで殺された動物の肉は実に柔らかくなるのだ』とね」

「ああっ！」

それを聞いて、ハルは思わず大声を出した。事情がまだ飲み込めない他の三人は、驚いて軽くのけぞる。それに構わず、ハルは勢い込んで言った。

「レミントン巡査の遺体、死後経過時間のわりに、死後硬直が弱かった。つまり、肉が柔らかいってこと……!?」

ウィルフレッドは頷き、よくできたと言うように、ハルの頭をサラリと撫でた。

「そのとおりだ。他の遺体に関しても、そういう印象はある程度あった。だがレミントンの場合は、死亡時刻がはっきりしているからな。明らかに、死後硬直が弱いと確信できた。だから、毒殺を疑ったとき、ふとこのウーラリのことが頭を過ぎったんだ」

「他の毒じゃ、そうはならんのか？」

「たいていの毒は、全身に激しい痙攣をもたらす。毒を盛られた者は、苦しみ悶えながら死ぬのが常だ。だがこの本の著者は、『ウーラリで仕留められた獣は皆、眠るように穏やかに死んでゆく』と書いている。こんな毒は、他にはない。実に稀有《けう》な作用だ」

エドワーズは、一呼吸躊躇ってから、早口にこう言った。

「つまりそりゃ……安らかな死ってことか？　その、レミントンも眠るように穏やかに死んだってことか？　あんた、見たんだろ？　そうだったのか？」

部下の名を、わずかな救いを求めるように口にしたエドワーズを、ウィルフレッドは痛ましげに見やり、こちらも珍しく言葉を探し、口ごもりながら答えた。

「それは……確かに、少なくとも外見的には、そうだったといえる」

「外見的にはってなあ、どういうこった？」

「……つまり、ウーラリは、言葉を逆に解釈すれば、苦しむことを犠牲者に許さない毒、ということだ」

もってまわったウィルフレッドの説明に、一足早く彼の言わんとすることに気づいてしまったキアランとフライトは、そっと目を伏せる。

だがエドワーズと同じく言葉の意味が理解しきれないハルは、不思議そうにウィルフレッドの陰鬱に見える顔を見た。

「ちょっと意味がわかんない。苦しむ暇もなく死ぬから安らかってこと？」

「そういうことではない。無論、極めて短時間のうちに死に至ることは確かだが、俺が言いたいのは……死亡する直前、レミントンの手足や身体の表面の筋肉は弛緩していたし、呼吸も徐々に弱っていったが、心臓の鼓動は最後までしっかりしていた。つまり、毒はある種の筋肉だけに麻痺《まひ》効果を及ぼすのではないかと考えられる」

「……おい。はっきり言ってくれよ、先生」

エドワーズは苛立った様子で、太い眉根をギュッと寄せた。ウィルフレッドは、どこか息苦しそうにシャツの襟を緩めながら説明を続ける。

「呼吸に必要な筋肉が冒され、徐々に息が苦しくなってくるが、手足や顔の筋肉は麻痺していて、苦しむ素振りを見せることはできない。だが心臓は動き続けていたわけだから、意識は……もしかすると最後まではっきりしていたかもしれない。レミントンは、呼吸ができず、身動きすらできないまま、苦痛と恐怖を味わい続けて死んだ……かもしれない」

「なんだと……おい」

「もっとも、ウーラリの毒を俺が検証したわけではないから、これは推測の域を出ない発言だ。だが、穏やかな死は見かけだけのことである可能性を否定できないということだ」

「酷いや……」

若いレミントン巡査を襲ったあまりにも残酷な死を想像して、ハルは幼さの残る顔を強張らせる。エドワーズは言葉もなく、ただ両の拳《こぶし》を強く握りしめ、固く目をつぶった。暖炉で薪《まき》が爆《は》ぜる音に交じり、彼の歯《は》ぎしりが聞こえる。

皆、部下の死に思いを馳せ、犯人への憎しみで全身を震わせるエドワーズにかける言葉もなく、哀れなレミントンのために胸の中で祈りを捧げた。

しかしエドワーズは、脳天から噴き上がるような憤りを理性の力でグッと抑え込み、目を開けた。

「しかし、わからんな。犯人の目的はなんだ?」

その声には、さっきまでの激情はすでにない。代わりに、信心深いマーキスの人々の恐怖心につけこんだ卑劣な犯人を決して逃がさないという、強い決意が彼の双眸には漲《みなぎ》っていた。

ウィルフレッドは、考えながら言葉を返した。

「無論、根本的な目的は『殺人』だろうが、あんたが知りたいのはそういうことじゃないんだろうな、エドワーズ」

エドワーズは頷き、癖のある赤毛をワシワシと掻いた。

「なんだって犯人は、短期間のうちに、こう何人も殺し続けているんだってことだ。しかも、これまでに殺されたのは、娼婦、盗っ人、港湾労働者、また娼婦、で、警察官だ。男女取り混ぜ、職業も色々だ。なんの関連も見い出せねえ」

「ただ、ウーラリなんて珍しい毒を手に入れて、効果を試してみたいだけ……とか？」

キアランはそう言ったが、ハルはそれにすぐ異を唱えた。

「それだったら、まずは動物で試すだろ。人間で試したい、しかもこんなに何人も……しかも吸血鬼の真似までしてって、いくらなんでもやりすぎだよ」

「それもそうか……。犯人がとてつもなく猟奇的な殺人鬼ってわけじゃない限り、何か大きな目的があるんだろうね。でも、それっていったいなんだろう」

その疑問に答えることが誰にもできず、室内には重い沈黙が落ちる。

そのとき、ノックと共にワゴンを押して入ってきたのは、セディだった。

ワゴンの上には、大量の小さなサンドイッチとお茶が用意されている。

「朝ご飯を、お持ちしましたっ。腹が減っては戦ができぬ、って言いますから！」

おそらく、メイドのポーリーンと二人でせっせと作ったのだろう、大皿山盛りの小さなサンドイッチには、ゆで卵やレタス、それに分厚くスライスしたハムや、ハルが作り置きしておいたパテが挟み込まれている。

形はいささか不格好だが、気前のいいフィリングの量に、徹夜で疲れているであろう皆を元気づけたいというセディの気持ちが漲っていて、どんよりしかかっていた室内の空気が一瞬にして和らいでいく。

「ああ、なかなか気が利くね、セディ。では皆様、このような場所ではありますが、一息お入れください。お茶もすぐにお配りいたします」

フライトはワゴンからトレイを両手で持ち上げ、ウィルフレッドの書き物机に運ぶ。キアランが、机の上を素早く整理して、置き場所を確保した。

「ありがとう、セディ。だが、大人の事情にこれ以上君をつき合わせては、ブリジットに申し訳が立たない。昨夜は、突然の来訪者騒ぎで君も眠っていないだろう。昼まで寝ておいで」

ウィルフレッドが礼を言うと、少年は両手を後ろに回し、フライトから教わったとおりの従僕らしい姿勢で言葉を返した。

「大丈夫ですっ。ばあ……そ、祖母、からも、やるからには身体が……なんだっけ、バラバラになるまで働け、みたいなこと書いた手紙が来てたので、僕、頑張ります。皆さんが大変なときは、僕も大変がいいです」

そんな少年らしい健気《けなげ》な発言に、ウィルフレッドとハルは顔を見合わせて苦笑いする。ハルの素早い目配せを受けて、ウィルフレッドはやけに大きく咳払いし、厳かな口調でこう言った。

「なるほど。では、こう言い直そう。君の上司たるフライトの次の命令があるまで、自室で待機せよ。何かあったらすぐ万全の状態で動けるよう、速やかに休息をとり、体調を整えなさい。君の今後の働きにも、大いに期待しているからな」

「はいっ！」

どこか軍人めいたウィルフレッドの物言いに、敬礼でも返しそうなくらいしゃちほこばって、セディはいい返事をした。そしてフライトに期待の眼差しをチラと向けると、深々と一礼し、空いたワゴンを押して去っていった。

「見事なお手並みでございました、旦那様」

フライトが笑顔で讃《たた》えつつ、ティーカップを差し出す。受け取ったウィルフレッドは、暗青色の瞳に笑みを湛《たた》えて、それをハルに渡した。

「言い出したらきかない頑固者が、いつも傍にいるからな。説得の技術も上がろうというものだ」

「ちぇ、なんだよそれ。俺も頑固だけど、ウィルフレッドも大概だろ！」

不満げに口を尖らせながらも、ハルはお茶を一口飲み、サンドイッチに手を伸ばした。

フライトが細心の注意を払って淹《い》れるお茶には遠く及ばない味ではあるが、深夜から働き詰めの疲れた身体に、熱くて香りのいい飲み物は何より優しく染み渡る。

「うん、旨い！　あいつにまだパンの上手な切り方教えてないから、切り口ポロポロだし厚みもバラバラだけど、味はいいよ。ほら、食べて」

ハルは大皿を持ち、ウィルフレッドとエドワーズに、それからフライトとキアランにもサンドイッチを勧めた。

「いえ、ハル様。わたしどもは……」

「構わん。二人もずっと働き詰めだったんだ、おそらく飲まず食わずだろう？　十分に腹ごしらえをしてくれ」

ウィルフレッドにも促され、「では」とキアランは堂々と、フライトはいささか恐縮しながら、軽食に手を伸ばす。

非常事態に食欲など忘れていても、いざ食べ物を口にすると、空腹感が途端に自己主張をはじめる。皆、立食パーティよろしく立ったまま、ろくな会話もなくサンドイッチを一つ二つと頬張り、お茶で喉に流し込んだ。

最後に残ったゆで卵と小エビのサンドイッチを大口で咀嚼《そしゃく》しながら、エドワーズはウィルフレッドを見やり、再び口を開いた。

「考えたんだがな、先生。一連の変死体……いや、殺人は、吸血鬼によるもんじゃなく人間の仕業だってことは、しばらく伏せとこうと思う」

それを聞いて、真っ先に反応したのはハルだった。机にカップを置き、腰に手を当てる。

「なんでだよ！　一刻も早く教えてやったほうが、みんな安心すんだろ？　なんで伏せるんだ？」

だが、それに答えたのは、エドワーズではなく、ウィルフレッドだった。

「犯人の目星がまったくついていない上に、目的も皆目わからないからだよ」

「それはそうだけど」

「もし、あれはヴリュコではなくただの人間の仕業だと警察が発表すれば、人々は今度は謎《なぞ》めいた殺人者を恐れつつも、再び夜の街に繰り出すようになるだろう。そのとき、犯人がどういった行動をするかが予想できない。それならば、今しばらくマーキスの人々には、ヴリュコに怯え、夜は家に閉じこもっておいてもらったほうが安全だ」

「それに、お前のやり口はわかったぞとこっちが言おうものなら、殺人者が手口を変えてこないとも限らん。それはそれで余計に話がややこしくなるだろうが。せめて容疑者の目星がつくまで、犯人はこのまま泳がせておいたほうがいい」

ウィルフレッドの説明に、エドワーズが警察の立場から意見をつけ加える。

「それもそっか。あ、でも、ヴ……じゃなかったってことは、神官様の見回りは必要なくなったわけだろ？　警察官が襲われるのは困るけど、必要のない見回りにつきあって、これ以上神官様が危ない目に遭うのはもっと困るよ」

理路整然と説かれて納得しつつも、十六歳まで神殿内の孤児院で育ったハルは、神官たちを気遣って異を唱える。エドワーズも、それには同意した。

「確かにな。神殿には事実を告げた上で、夜の神官様の見回りはやめてもらおう。警察官には見回りを続けさせるが、体制を見直すことにする。……ときにウォッシュボーン先生、犯人はどんな奴だと思う？」

「それは……」

ウィルフレッドは、鋭角的な顎に片手を上げて考え込む。エドワーズは、片手を小さく振った。

「ああいや、あんたが不確実なことを口にする人間じゃないとわかってる。だがこれは、俺が今後の捜査方針を立てる上で、参考までに聞いておきたいだけだ。当てずっぽうでも構わんよ」

そう言われてもなお、ウィルフレッドはしばらくそのままのポーズで目を閉じ、考え込んでいた。傍らではハルが、心配そうにそれを見守る。フライトとキアランは、主の思考を妨げないよう、空っぽになった食器を静かに片づけ、さらに部屋中に散乱した本を拾っては棚に戻す作業を始めた。

やがて目を開けたウィルフレッドは、おもむろにこう言った。

「まずさっきも言ったが、今回の殺人に、犯人がウーラリを用いたことはほぼ間違いないだろう。新種の毒でも見つけたのでない限り、他に、生き物をこんなふうに殺す致死性の毒は存在しない」

「おう」

エドワーズは、珍しく手帳を取り出し、メモを書きつけながら頷く。ウィルフレッドは、さっき皆で見た、ウーラリの記述があった本を閉じ、持ち上げてエドワーズに示した。

「次に、ウーラリについて記述のある本というのは、そうあるものではない。南方のジャングルへ分け入る人間は決して多くないし、まして原住民と接触し、毒についての知識まで仕入れようという奇特な人間は、ごく稀《まれ》だろうからな」

「あんたの持ってるその本は、あんまし一般的じゃねえのか?」

素朴な問いに、ウィルフレッドは苦笑いで頷く。

「この本は、自慢ではないがかなりの稀覯書《きこうしょ》だ。著者である貿易商が、自分が生きた証にと、ただ一冊作らせただけの代物だからな。だが、この本を読んだ人間の中に、自分の著作物に、この本の内容を引用する者がいたとしても不思議ではない。珍しい、興味深い事柄ばかりだからな」

「ってこたぁ、難しいにしても、ウーラリの知識を得ることは、このマーキスにいても可能かもしれんわけだな?」

「可能性はある。だが、ウーラリの実物を手に入れることは、知識を仕入れる以上に困難だ」

ウィルフレッドは、学校の教師のような明快な口ぶりで話を続けた。

「ウーラリの原料になる植物やカエルは、南方のジャングルにしか存在しない。毒の精製方法も、原住民しか知らない」

「つまり、原住民から分けてもらうしか、手に入れる方法はないってこと?」

ハルの言葉に、ウィルフレッドは微笑して頷く。

「そうだ。みずからジャングルに出向くか、あるいはウーラリを仕入れるルートを持っている商人から買うか……。どちらにしても、相当に金と手間が嵩《かさ》むことだろう」

「なるほどな……。毒を手に入れられる人間、か。金持ちで、そういう毛色の変わった品を扱う商人に人脈を持っている。そんな奴が犯人か」

「下手人、つまりヴリュコを装っていたのは雇われた殺し屋かもしれないが、それを命じた人間は、確実に、今あんたが言ったような人物だ」

「ようし!」

エドワーズは、勢いよく手帳を閉じ、ようやくいつもの彼らしい、生気漲る眼差しで、両手を打ち合わせた。

「それを参考に、俺は犯人を追う作業に入る。先生、あんたは……」

「わかっている。レミントン巡査の解剖報告書を、今日中に仕上げよう」

「頼むぜ。じゃ、またすぐに連絡する！　ああ、そうだ。神官様を神殿に送ってくれてありがとうな、フライト、キアラン。……それも、借りに含めとく」

そう言って、ニヤリと笑って片手を上げると、エドワーズはドスドスと気合いの入った足音を響かせ、書斎を出ていった。

「借り？」

エドワーズとキアランのやり取りを知らないフライトは訝しげな顔をしたが、キアランは「いいのいいの」と笑顔でやり過ごす。

ウィルフレッドは持ったままだった本を机に戻し、ハルの肩に手を置いた。

「俺はこのまま書類の作成にかかるが、お前は少し休むといい」

だが、肩に置かれたウィルフレッドの大きな手に自分の一回り小さな手を重ね、ハルはかぶりを振った。

「俺も手伝うよ。二人でやれば早く終わるし、そうしたら一緒に休める。俺はそのほうがいい」

恋人の可愛い申し出に、ウィルフレッドは厳しい顔をほころばせる。

「そうか。確かに、俺もそのほうが嬉しいな。……ではフライト、お前たちは皆、休憩してくれ。疲れただろう」

しかし、こちらも七冊ほどの本を一気に本棚に押し込み、金髪の執事は気障《きざ》な笑みを浮かべて主のほうを向き直った。

「お疲れなのは、旦那様と奥方様も同じでございましょう。皆、仕事の合間にそれぞれ休みますので、ご心配なく。それより、とりあえずここからスムーズに廊下に出られるよう、通路だけは確保しておきましたので、報告書を作成なさるあいだ、お部屋を散らかしたまま、しばしキアランと共に外出することをお許しください」

それを聞いて、ウィルフレッドは不思議そうにフライトに問いかけた。

「構わないが、いったい二人揃ってどこへ行くつもりだ？」

すると、恋人の考えていることはすぐわかると言わんばかりに、キアランが悪戯っぽく笑って答えた。

「僕が思いますに、きっと図書館へ」

「図書館？　ああ、もしや……」

「はい。マーキスの元王立図書館は、アングレ本国のどんな図書館にだって引けを取らない立派なものです。あそこへ行けば、ウーラリという特別な毒について書いてある本を見つけられるかもしれませんもの」

「なるほどな」

「でも、あの、おつむの中にまで筋肉が詰まっているような警察の連中に、僕みたいに色んな国の言葉に通じていたり、ジャスティンのように古文書が読めたりする人間がそういるとは思えません。連中がもたもた調べるのを待つよりは、僕たちが動いたほうがきっと早うございます。……だろ、ジャスティン？」

恋人の流し目に、フライトは涼しい笑顔で同意する。

「キアランの言うとおりでございます。ウーラリについて記述のある本を見つけるか、あるいはここ一年ほどの閲覧・貸し出し記録から、怪しい人物を割り出せるかもしれません。おそらくは相当に時間がかかりますから、お屋敷でのお仕事をいささか疎かにしてしまうかもしれませんが……」

「構わん。家の管理より、もっと大事な仕事だ。必要なだけ、図書館で頑張ってみてくれ。よろしく頼む」

ウィルフレッドは即座に言い切った。フライトとキアランは、揃って恭しく一礼する。

「では、行って参ります。お粗末な腕前ではありますが、お茶の淹れ方はセディに教えてありますので、いつでもお申しつけください」

フライトとキアランが出ていき、本が散乱した書斎には、ウィルフレッドとハルだけが残される。

「さて、俺たちも作業にかかろうか。……うん？　どうした？」

ウィルフレッド専用の書き物机の脇に、自分用の小さな机を出しながら、ハルが嬉しそうにクスリと笑ったのに気づき、ウィルフレッドは椅子を引いたところで不思議そうに動きを止める。

ハルははにかんだように笑みを深くして、こう言った。

「ううん、人が死んだんだから、それは悲しいことなんだけどさ。でも解剖して、ようやく有力な手がかりが得られて、こうして捜査がまともに動き始めて……よかったなって」

「ああ、そうだな」

「っていうか、ウィルフレッドが久しぶりに生き生きした顔をしてて、声にも力が出て、ホントよかったなって思ってたんだ。ここんとこ、イライラを抑え込んで、必死で我慢してたろ？　それがわかってるのに、傍で見てるだけで何もできない俺もきつかった。だから今、凄くホッとしちゃったんだ」

「ハル……」

「俺、仕事してるときのあんたが世界でいちばんかっこいいと思ってる。だから、またこうしてあんたが頑張れるような流れになって……よかった」

ハルのしみじみした声と泣き出しそうな笑顔から、彼がどれほど自分を案じてくれていたかを痛感して、ウィルフレッドは一瞬、端整な顔を歪めた。だが彼はすぐに穏やかに微笑み、

「おいで」と両腕を差し伸べた。

ハルはゆっくりとウィルフレッドに歩み寄り、その胸に身を預ける。

ハルの華奢な身体を強く抱き締め、ウィルフレッドは囁くように言った。

「心配をかけてすまなかった。だが、何もできないなどと言うな。お前が傍にいてくれることが、俺にとってどれだけ大きな慰め、そして支えになっていることか。……ありがとう、ハル」

いつものウィルフレッドらしい落ちついた温かな声音に、ハルは広い胸に頬を押し当て、弾むような笑顔で言葉を返した。

「頑張ろうな、ウィルフレッド。偽吸血鬼の尻尾《しっぽ》を、必ず引っ摑んでやろうぜ！」

いつもなら、「それは警察の仕事だ」と冷静に窘めたであろうウィルフレッドだが、今日ばかりは「そうだな」と頷き、ハルの細いオトガイを片手で優しく持ち上げた。そして、「偽吸血鬼に尻尾があるかどうかはわからないが、少なくとも、偽物の牙をへし折ってやらねばなるまい」という珍しい軽口と共に、心からの感謝を込めてハルにキスを贈ったのだった……。

五章　真実はいつもひとつ……？

翌日、マーキス警察の捜査会議に検死官として出席し、昼下がりに屋敷に戻ったウィルフレッドを出迎えたのは、メイドのポーリーンだった。

「お帰りなさいませ」

「今、戻った。もしやフライトとキアランは、まだ図書館か？」

「はい、朝出たきり、まだ戻りません。旦那様、外套をどうぞ」

おとなしげで優しい顔立ちのポーリーンは、痩せぎすで、いつもどこか寂しそうにしている。病弱な息子を田舎の実家に預けて働きに来ているせいかもしれない。

彼女に促されて外套を脱ぎながら、ウィルフレッドはふと鼻をくんくんさせた。

「甘い香りがするな」

ポーリーンは、主の腕からコートの袖を優しく引き抜き、微笑んで答える。

「はい。ハル様が、セディとお茶菓子の支度をなさっています。楽しそうでしたわ」

「焼き菓子か。……ちょっと覗いてこよう」

すぐにハルに会いたい気持ちもあるのだろうが、ウィルフレッドは厳めしい容貌に似合わず、結構な甘党である。あわよくば、焼きたてを台所でつまみ食いしようと思っているに違いない。

「では、私はお部屋でお着替えの用意をして参ります」

「頼む。俺を待たずとも、ベッドの上に服を置いておいてくれればいい」

言うが早いか、ウィルフレッドの足はもう厨房のほうへと向けられている。ポーリーンは微笑ましそうに、いそいそと去っていく主の広い背中を見送った。


「あっ、旦那様！」

厨房に現れたウィルフレッドにいち早く気づいたのはセディだった。棚から砂糖を入れたつぼを出そうとして、ちょうど入り口のほうを向いていたのだ。

「いいから、手元に集中しなさい。つぼを落としては元も子もない」

つぼを抱えたままお辞儀をしようとするセディを窘め、ウィルフレッドはハルに歩み寄った。

オーブンから天板を取り出し、調理台に置いてから、ハルはウィルフレッドに「お帰り」と笑いかける。エプロン姿のハルを軽く抱擁し、セディの手前、キスは額に留めて、ウィルフレッドは調理台に目をやった。

「二人で茶菓子を焼いていると、ポーリーンから聞いたのでな。様子を見に来たんだ」

するとハルは抱擁を解き、セディに手振りで砂糖つぼを持ってくるよう指示した。ウィルフレッドに遠慮して、セディはおずおずとつぼを抱えて二人に近づく。

「ありがとな、セディ。二人で分厚いビスケットを焼いてたんだ。バターたっぷりのやつ。昨日の一件でみんなまだ疲れ気味だから、甘くしようと思ってさ。仕上げにこうして……」

そう言いながら、天板に丸く大きく焼き上げたビスケットの上から、ハルは精製した上等な砂糖をパラパラと振りかけた。成形の時点で入れておいた切り目に添ってナイフを入れ、ビスケットを八等分に切り分ける。

ビスケットはあまり焼き色をつけず、縁がうっすらきつね色になるように仕上げてある。マーキスでは定番の茶菓子で、材料も作り方も実にシンプルだ。だからこそ、ハルはセディに作り方を教えたのだろう。

「せっかくここまで来てくれたんだから、欠片を……あ、ちょい待ち」

そう言うと、ハルはいそいそと小鍋《こなべ》を持って戻ってきた。中に入っているのは、ほんのりピンク色がかった濃いソースのようなものだ。

「ちょうどいいや。もっぺん味見してほしいと思ってたんだ」

そう言うと、ハルは小さなスプーンでソース状のものをすくい、ウィルフレッドの口元に差し出す。いつものように口を開けようとして、ウィルフレッドは傍らでじっとこちらを見ているセディに気づき、慌てて口を閉じた。

「ハル、セディが見ている」

そう言われて、ハルはクスクス笑った。

「別にいいじゃん。旦那様と奥方様が仲良しで、何がいけないんだよ?」

「それはそうだが、子供の教育上いかがなものかと」

「別に問題ないって。なあ、羨ましいだろ、セディ」

ハルの問いかけに、セディは大真面目な顔で大きく頷く。

「はいっ、僕も大きくなったら、そんなことしてくれる可愛いお嫁さんがほしいです」

「あははは、そうだろ? ほらな、ウィルフレッド。このくらい、きっとどこの夫婦だってするんだから。いいから早く、口を開けろよ」

「う、うむ」

これがフライトやキアランの前なら、どんな睦言《むつごと》を言おうが平然としているウィルフレッドなのに、「子供に見られる」というシチュエーションが、なぜか異様に恥ずかしいらしい。照れ臭そうな顔で、いかにも渋々口を開ける。

その口にスルリとスプーンを滑り込ませ、ハルは「どう?」と心配そうに訊ねた。

「……む。これは、リンゴのジャムか。前に味見したのとは、まるで別物だな」

「うん、そう。こないだ作ったとき、ちょっと甘すぎるって言ってたろ? あと、色があんまり食欲をそそらないって。だから、何度か作り直してみたんだ。今回はかなり自信作なんだけど、どう？　いちばん酸味がある、実が固い種類のリンゴを使ってみたんだけど」

ウィルフレッドはゆっくりと口の中のジャムを味わい、小さく頷いた。

「前よりずっと旨い」

「ホント？」

ハルはもちろん、傍で二人のやり取りを聞いているセディまで、幼い顔を輝かせて小さなガッツポーズを作る。ウィルフレッドは穏やかな笑顔で頷いた。

「ああ。十分に甘いが、リンゴの酸味を殺してはいない。果肉の食感が残っているのもいい。これなら菓子にもいいし、ロースト料理にも合うな。色は、皮でつけたのか？」

「そう。皮を少し残して、果肉と一緒に煮潰したんだ。やっぱ、ほんのり赤いほうが、美味しそうに見えるかなって思ってさ」

ハルはそう言いながら、小鍋の中身を覗き込んだ。

「砂糖の量の調節に、苦労したんだぜ。砂糖を多めに使ったほうが保存が利くし、とろみもよくつくんだ。逆に砂糖が足りないと、ちゃんと固まらないし、あっという間に腐っちまう。だから、砂糖の量をちょっとずつ減らしていって、ギリギリのところが、今の分量」

「なるほど、これはそうした研究の成果というわけか。……む？」

それまで笑顔だったウィルフレッドが、なぜか急に難しい顔で黙り込む。ハルとセディは、心配そうに顔を見合わせた。

「ウィルフレッド？　どうかしたか？　もしかして、後味が悪いとか？」

「いや、ジャムは旨い」

短くハルの懸念を否定して、ウィルフレッドはこう続けた。

「お前の今の話で、閃《ひらめ》いたことがある」

「閃いたこと？」

「ああ。だが、さすがにこれは子供の前では言えない。……例の事件のことだ」

「……ああ！　って、今の俺の話で、いったい何を？」

「いいから。悪いが、手が空いたら書斎に来てくれないか」

ハルは戸惑いながらも頷く。

「わかった。ここを片づけたら、すぐ行くよ」

「頼む。……そうだ、セディ」

「はっ、はい！」

普段、あまりウィルフレッドと接することのないセディは、長身の雇い主にはるか上から見下ろされ、しゃちほこばって返事をした。ウィルフレッドは、自分を見上げるエプロン姿の少年に、ぎこちなく笑いかける。基本的に人見知り気味な彼もまた、セディに話しかけるときは若干緊張するらしい。

「なかなか、きちんと礼を言う機会がなかったんだが……」

そう言いながら、ウィルフレッドはシャツの襟を緩め、襟元からペンダントを引っ張り出す。言うまでもなく、セディが作った、小さな笊をかたどった魔除けのペンダントである。

「あ」

ハルは、思わず小さな声を上げた。

連続殺人犯の正体がヴリュコではなく人間だということは、まだごく限られた人間しか知らない事実である。屋敷の使用人たちも、フライトとキアラン以外は何も知らされていない。だから、他の使用人たちに真実を悟られないようにという用心かもしれないが、最初からヴリュコの存在に懐疑的だったウィルフレッドが、今も魔除けを身につけているという事実に、ハルは少なからず驚いていた。

そんなハルを素早い目配せで牽制《けんせい》して、ウィルフレッドはセディに視線を戻す。セディはまだガチガチに緊張しつつも、ウィルフレッドの首にぶら下がっている自作の魔除けを見て、たちまち頬を紅潮させた。

「旦那様、それ……！」

「君がダグと一緒に作ってくれたものなんだろう？　おかげで屋敷の誰も、未だに恐ろしい魔物に襲われずに済んでいる。ありがとう」

「は……は、は、はいっ！」

こんなとき、礼儀正しくどう言葉を返せばいいのか見当もつかないのだろう。セディは直立不動のまま、バネの壊れた人形のように何度も頷き続ける。

「家族と離れて年を越すのは寂しいだろうが、この屋敷にいる人間も皆、もう一つの家族のようなものだ。少なくとも、俺はそう思っている。街の賑やかな年越しは楽しいものだ。一度は経験してみるといい。ではな」

そう言い残し、少年の小さな肩をポンと叩いて、ウィルフレッドは厨房を出ていった。思いついたことをひとりになってもっと考えたいのか、いつにも増して足早である。

ウィルフレッドの姿が見えなくなるなり、セディはハルに駆け寄った。

「ハル様、旦那様ってもっと怖い人かと思ったら、すっごく優しい！」

まるで自分を褒められたように嬉しそうな顔で、ハルは頷く。

「ウィルフレッドは、顔は厳しいけど、優しいよ。あんなに優しくて温かい人はいない」

「だから、ハル様は旦那様が大好きなんですね」

満面の笑みでそう言われ、ハルは盛大に照れながらエプロンの腰紐を解いた。

「まあ……そういうこと。悪いけど、後は頼むな。オーブンは、火が消えない程度に、時々薪を放り込んで。お茶の準備は、ポーリーンに手伝ってもらえばいいから」

「はいっ」

笑顔で頷く少年に、「ビスケットを切ったときできた欠片は食べてもいいぞ」と言い残し、ハルはウィルフレッドの書斎へと向かった。

書斎では、ウィルフレッドが普段着に着替え、暖炉の前でウロウロと歩き回っていた。考え事をするときの、彼の独特の行動だ。

普段着といっても、外出着の少し袖口や襟がくたびれたものを下ろしているだけなので、さほどさっきと変わり映えはしない。

「ああ、来たか」

ハルの姿を見ると、ウィルフレッドはようやく動きを止めた。だが、椅子にかける素振りは見せない。いつもと同じく冷静沈着な顔つきの彼だが、今はほんの少し気が昂《たか》ぶっていることが、そうした仕草から感じられる。

「どうしたのさ。俺の言葉で、何を閃いたって？」

そこでハルも、あえて立ったまま問いを投げかけた。暖炉を背にして、ウィルフレッドはこう言った。

「さっきお前は、ジャムを作るときの苦労話でこう言ったな？　砂糖を多めに使えばよく固まるし保存性も高い。だが、俺が甘さを控えてくれと言ったから、徐々に砂糖の量を減らしていき、ギリギリ固まり、保存もきく分量を見極めて、今回のジャムを使ったと」

ハルは、戸惑いながら曖昧に頷く。

「うん。だいたいそういうことを言ったと思うけど。それが？」

するとウィルフレッドは、そこでようやく、自分たちが間抜けな立ち話をしていることに気づいたらしい。ハルを大きな椅子にかけさせ、自分は肘置きに浅く腰掛けて話を続けた。

「さっき、警察の捜査会議でいちばん紛糾したのも、ヴリュコを装った犯人が、いったいどういう目的で五人もの人間を殺害したのか、なぜその五人が選ばれたのかということだった」

ハルは、頷きながらウィルフレッドの話に耳を傾ける。

「うん、俺もそれがずっと不思議だよ。捜査会議で、何か結論が出たのか?」

「いや。結局、五人の犠牲者に共通点は見いだせなかった。だが今、お前の話を聞いていて、あることが頭を過ぎった」

「それは?」

ハルは思わず、肘置きに浅く座ったウィルフレッドのほうに身を寄せる。ウィルフレッドは、真剣な面持ちで言った。

「お前が砂糖の適量を見極めてジャムを作ったように、犯人は、毒の……ウーラリの致死量を見極めようと殺人を重ねたのではないだろうか」

「ちし……りょう?」

耳慣れない言葉に、ハルは小首を傾げる。

「致死量。つまり、人を殺すのに必要な毒の量だ。ジャングルの原住民は、鳥や獣を狩るのにウーラリを使った。人間の身体は、そうした生き物より大きい。毒も多く必要だろう」

「ああ……！　もしかして、被害者に共通点がなかったのって、わざと共通点がない人間を選んでたから？」

ハルも、さっと顔を引き締める。ウィルフレッドは、陰鬱な表情で頷いた。

「そうだ。最初の犠牲者は痩せぎすのまだ若い娼婦、二人目は、同じく痩せ形の盗っ人……こちらは男だ、三人目はやや年老いた中肉中背の港湾労働者、四人目はでっぷり太った中年の娼婦、そして五人目はレミントン……若く、鍛えられた身体をしている男性。犯人は夜の闇をうろつき、性別、体格、年齢をわざと違えて、被害者を選定したのではないかと」

「つまり、男女どっちでも、齢《とし》がいくつでも、身体が小さくても大きくても、間違いなく相手を殺せる毒の量を見定めようとしたってこと？」

「そう考えれば、つじつまが合う」

「酷いな。だけどさ、そんなのわざわざ吸血鬼のふりまでして、致死量をわざわざ探らなくても、毒をとにかくたっぷり注射すればいいんじゃないのか？」

「普通に考えればそうだ。しかし……」

ウィルフレッドは、気遣わしそうに自分の顔を見上げるハルの、象牙《ぞうげ》色の滑らかな頬にそっと触れ、しばらく考え込んだ。「嫌な可能性だが」と前置きしてから、頭に浮かんだ考えをゆっくり語り始める。

「もし犯人に本命のターゲットがいて、その人物に近づくときには、大量の毒を持ち込めないとしたら、どうだ?」

ウィルフレッドの言葉をじっくり嚙み砕くように聞いていたハルは、戸惑いながらもこう応じる。

「大量の毒が持ち込めないってのはつまり、監視が厳しかったり、荷物を検査されるような場所にいるような人が、犯人のターゲットってこと?」

ウィルフレッドは、やはりまだ思考を巡らせながら小さく頷く。

「そうだ。相手を殺せる最小限のウーラリの量を知りたい。だから犯人は、様々な人間で実験を重ねた。無論、他の犠牲者より発見が早かったということもあるが、レミントン巡査の場合、若くて体格がよかったから、毒のまわりが他の犠牲者より遅く、死まで若干時間がかかった可能性がある」

「最小限の毒で、相手を殺す……」

「最小限の量のウーラリを、できるだけ小さな注射器に詰めて隠し持つ。そうして慎重にターゲットに近づき、首筋に嚙みついて吸血鬼の仕業と居あわせた人々に思わせてパニックに陥らせ、その隙に傷口に注射器を刺し、毒を注入して確実に相手の命を奪う。それが犯人の描く『理想の狩り』だとしたら、これまでの五件の殺人事件は、犯人の『狩りの予行演習』だったのではないだろうか」

ハルは、ゴクリと生唾を飲み込んだ。

ウィルフレッドの推測が正しければ、犯人は、なんの罪もない人間を五人も、自分の目的のため、実験台にしたということになる。ピリピリした嫌悪感が、少年の背筋を這い上がった。

「信じられねえ……。犯人が誰だか知らないけど、許せないな！」

憤りを隠さず尖った声を上げたハルに、ウィルフレッドは冷静さを保ちつつ同意した。

「無論、俺もだ。しかし今は、卑劣な犯人への怒りで、眼《め》を曇らせるべきときではない。犯人のターゲットがいったい誰なのかを突き止め、なんとしても『本命』の殺害を阻止しなくてはならない」

「……そうだな。もちろんそれは警察の仕事だけど、俺たちにだって手伝えることがあるかもしれないもんな。それにしても、いったい犯人と、その『本命』って、誰なんだ？　ウィルフレッド、心当たりはあんのか？」

ウィルフレッドは、力なくかぶりを振る。

「ない。だが……考えてみる価値はある。昨日、エドワーズたちと、犯人の人物像について話をしたな。覚えているか？」

ハルは即座に答えた。

「ウーラリっていう珍しい毒の知識を仕入れることができて、実際にそれを手に入れることもできる人間」

「そうだ。おそらくは高い知能を持ち、財力があり、人の命をなんとも思わない冷淡な人物だ。実際に手を汚しているのは、そういう犯人に雇われた殺し屋かもしれないが」

　ハルが頷くと、ウィルフレッドは人差し指を立てた。

「一方で、その犯人に、本命のターゲットがいると仮定してだ。その『本命』は……」

「堂々と毒を持って近づくことが難しい人、さらに、簡単には襲撃できない人ってことだよな」

　ハルはウィルフレッドの膝に両手を置き、熱の籠《こ》もった口調で推測する。ウィルフレッドも強い視線をハルに向けた。

「そうだ」

「それって、ターゲットは凄く大事に守られてる人ってことだろ？　このマーキスでは……やっぱ貴族？　いや、貴族でもそこまで守られてる人って、なかなかいないよな。市議会議長だって、お供ひとり連れてふらっと訪ねてきたりするんだし。それじゃあ……」

「マーキスで、未だに固い警護がつき、そう簡単に近づけない人間といえば、相場が決まっている……それは……」

「旧王族」

　二人の声が、ピッタリ一致する。ハルは自分も人差し指を立て、ウィルフレッドの人差し指の先に指先をちょんとくっつけた。

「確かに旧王族の、昔の王様直系の子孫って、今でもマーキスの人たちの精神的な支えだから、実質的にはまだ王様なんだよな」

「そのようだな。マーキスの重要な公式行事には、最後の王の直系の子孫、その頂点に立つケンジー公が、必ず主賓《しゆひん》として出席しておられる。旧王族は政治には一切携わらず、外交や文化的な活動のみを行っているとはいえ、やはり大きな存在だ。ケンジー公をはじめ、その息子たちまでは、厳重な警備がついているだろう。犯人の狙いがそのあたりだとすれば、毒の量を最小限に抑える努力が必要になるというのも頷ける」

「だけどそれ、変だよ」

ウィルフレッドは理路整然と説いたが、ハルはすぐに軽く口を尖らせ、指をくっつけたまま異議を唱えた。

「何がだ？」

「旧王族がターゲットかもしれないってのは凄く納得だけど、それこそ怪しい服装じゃ近づけないじゃん！　吸血鬼を思わせる真っ黒のフード付きローブなんて着てたら、毒を持ってようが持っていまいが、おつきの人たちに玄関で突き飛ばされちゃうよ！」

「確かにそれはそうだな。ならば逆に、怪しげな扮装《ふんそう》でも貴人に近づけるような状況を考えれば……いや待て」

ハルがくっつけあった指先をぐいと押してきたので、実にさりげなくこちらも押し返しつつ、ウィルフレッドは暗い海の色をした瞳をきらりと光らせた。

「普段なら、吸血鬼の扮装で旧王族の御前に出ることなど不可能だろう。しかし……」

「しかし？」

ついと指先をもう一押ししてから離し、ウィルフレッドは立ち上がった。机の引き出しから白い封筒を出し、ハルのところへ戻ってくる。立ったまままそれをハルに差し出し、ウィルフレッドはハルにだけわかる程度に弾んだ声で言った。

「これがあるじゃないか」

「これ？」

ハルは目をパチクリさせながらも封筒を受け取った。表に美しい飾り文字で書かれているのは、ウィルフレッドとハルの名だ。中に入っているカードを引き出した途端、ハルは「あああ！」と大声を上げた。そのままの勢いで、すっくと立ち上がる。

それは、市議会議長から送られた、大晦日の仮面舞踏会の招待状だった。

「仮面舞踏会！　仮面かあ！　そういえば、犯人も仮面で目元を隠してたって！」

ウィルフレッドも大きく頷く。ハルはそれでもなお、不安げに異議を唱える。

「でもさあ、いくらみんな仮装して仮面をつけてくるっていっても、ヴ……に扮するのはちょっとあんまりじゃないか？」

「街の人々と違って、上流階級の人々は、自分たちだけは守られているという奢《おご》りがある。吸血鬼を信じていても、自らが襲われるという危機はさほど感じていまい。つまり、今、島を騒がせている『吸血鬼による連続殺人事件』は、彼らにとっては他人事だ」

「もしかして仮面舞踏会に来るような人たちにとっては、吸血鬼の扮装って……」

「時事問題を上手く取り入れた、洒落《しゃれ》た仮装として歓迎される可能性が高いな」

「くそっ、だから貴族ってのは……！」

ハルは忌々しそうに絨毯を蹴りつける。ウィルフレッドはハルの手からカードを取り、招待状に書かれたメッセージの一部を指し示した。

「そして、ここだ。はっきり書かれている。『なお僭越ながら、仮面舞踏会にはケンジー公にご臨席を賜《たまわ》りますので、皆様のいつにも増して趣向を凝らした仮装を期待しております』とな」

「うう、『趣向を凝らした仮装』の中に、吸血鬼が入るなんて思わなかったけど、そっか。事件が他人事なら、あいつらにとってはその程度の認識なんだな」

「さらに、上流階級の人間だけが招待され、しかも無礼講に近い仮面舞踏会なら、ケンジー公もまた、いつものように周囲を警護の人間で固めるような無粋な真似はすまい。そして、時事問題である吸血鬼の扮装ならば、かえって余興を装い、ケンジー公に近づきやすい」

「なるほど……。仮面をつけてても、ほとんどの人は正体バレバレだけど、正体がわかんなかったからって、お前誰だとは追及しにくそうだもんな」

「そういうことだ。ケンジー公に近づき、襲いかかるような芝居をして皆を楽しませつつ、本当に公の首筋に嚙みつけば、会場はパニック状態に陥るだろう。警護の人間が公に駆け寄る前に、毒を注射して逃げれば、それで殺人はかなう」

「嫌だけど、想像できるなあ、その光景」

「今、我々が想定しているような人物が犯人ならば、彼にとって、大晦日の仮面舞踏会ほど最適な状況はあるまいな」

「間違いないよ！　じゃあ、舞踏会の招待客の中に、犯人がいるってことになる！」

ハルが興奮して上擦った声を出したそのとき、ノックの音がした。ウィルフレッドが「入れ」と言うとすぐに扉が開き、フライトとキアランが入ってくる。

昨日は閉館まで、そして今朝も開館と同時に「ウーラリについて記載のある本」を探しに元王立図書館へ出掛けていた二人は、さすがに疲労困憊《ひろうこんぱい》している様子だ。しかし同時に、彼らの目に自分たちと同じ高揚の色を見て取り、ハルは思わずキアランに駆け寄った。

「お帰り！　もしかして、何かわかった？」

「ふふ、ただいま。わかったから帰ってきたんだよ」

キアランはくたびれた笑顔でハルをギュッと抱き締め、フライトはウィルフレッドに恭しく一礼した。

「旦那様、長らくお屋敷を空け、申し訳ありませんでした。ようやく収穫と呼べるものを手にしましたので急ぎ戻りましたが……お顔を拝見するに、旦那様のほうでも何かおわかりになったことが？」

「たった今、わかったことがある。だが、まずはそっちの『収穫』について聞かせてくれ」

「かしこまりました」

主ふたりが座る様子を見せないので、フライトはそのまま報告を始めた。

「ご存じのとおり、図書館には莫大な本があります。毒物について書かれている本を司書に選別させたのですが、それでもすべてを調べるには何十日かかるかという冊数で……」

「だから、閉架図書に狙いを絞ってみたんです。ウーラリなんて珍しい毒について書かれた本は、きっとそれ自体が珍しいでしょう？　ですから、きっと大事に別室にしまい込んであるに違いない。僕たちはそう考えました」

ウィルフレッドがヤキモチを焼かないよう、素早く抱擁を解いたキアランは、悪戯が成功した子供のような笑みを浮かべ、恋人の話を引き継いだ。ハルは、そんな二人を期待の眼差しで交互に見る。

「それって、普段は表に出してない本ってこと？」

フライトは、片手でさりげなく乱れた金髪を撫でつけながら答えた。

「さようでございます、ハル様。閉架図書というのは、希望者が目録を見て読みたい本を申し出、司書がそれを別室から探して持ってくる。つまり、閲覧《えつらん》記録が必ず残るのです」

「誰がどの本を読んだか、わかるってことだな?」

「はい」

フライトは頷き、ウィルフレッドの精悍な顔をひたと見た。

「閲覧記録を延々と見ておりましたら、ちょうど一年前から数ヶ月にわたり、毒に関する本を閲覧した記録が相次いでいるのです」

「それは誰だ?」

ウィルフレッドは思わず小さく一歩、執事のほうへ踏み出す。金髪の執事は、主を焦らすように、芝居がかった咳払いをしてこう続けた。

「閲覧者は数人おり、調べてみると、いずれも上級市民のウェントワース氏の使用人でした。さらに、閲覧された毒の本を読み解くと、一冊だけ、ウーラリについて、旦那様の例のご本と同じような内容が、伝聞として引用されておりました」

「ってことは、その、うぇ……」

「ウェントワースって男が怪しいってこと」

キアランは誇らしげにハルに笑いかける。ウィルフレッドは、感嘆の眼差しを執事とその恋人に向けた。

「よく、この短い時間に調べ上げてくれた」

「いえ、旦那様。お褒めの言葉をいただき光栄至極ですが、まだご報告は終わっておりません」

「うむ？」

「帰りに、ウェントワース氏についても調べて参りました。現在、六十五歳。もともとアングレ本国で貿易会社を経営しておりましたが、所有していた船が沈み、補償を要求する乗組員遺族から逃げるべく、マーキスに十五年前、移住してきました」

「うわ、最低だなそいつ！」

ハルの憤った声を、フライトは横目でやり過ごし、話を続ける。

「まあそんなわけで、移住当初は、決して社交界で歓迎されるような人物ではなかったようです。しかしウェントワース氏は財力にものを言わせ、庁舎の改修に多額の寄付をしたことで、上級市民の称号を得ました」

淡々としたフライトの報告に耳を傾けていたウィルフレッドは、鋭く質問を挟んだ。

「貿易会社を経営……？　つまり、海外との貿易を生業《なりわい》としている男ということか」

フライトは穏やかな笑顔で頷く。

「はい。しかも、ウーラリが手に入る南方の国々との貿易を得意としています。実は一昨年《おととし》、そうした南方との貿易を自分の貿易会社に独占させてくれと市議会に申し出、議員たちにはかなり……その、金銭面での根回しをしたようなのです。しかし、ケンジー公の『貿易はマーキスの命綱である。ひとりの商人が特定の貿易を独占することは許されない』という鶴《つる》の一声で、認可が下りなかったとか」

「ケンジー公は、本来は議会の裁定にかかわってはならないお方ですから、議長様との世間話のついでにポロリと一言、お考えを述べられただけみたいですけどね。ふふ、こういう話は当事者からお聞きするのが早いので、図書館の帰り、ジャスティンと市議会議長様のオフィスに伺ってきたんです」

キアランの話に、ウィルフレッドはますます感服して低く唸る。

「まったく、俺には過ぎた執事と家庭教師だ。よくやってくれた。そのウェントワースという人物は、当然、舞踏会には……」

「出席者リストに入っておりました」

「ウィルフレッド、どう考えたってそいつが犯人だよ！　だって、条件にピッタリじゃん。毒について調べることができて、南の国と貿易してて、ウーラリを手に入れる手段もお金もある！　もちろん、暗殺者だって雇えるだろうし」

「大金をつぎ込んだであろう議会への根回しを台無しにされたんだ、ケンジー公を強く恨んでもいるだろうな。彼さえいなければ、もう一度議会に申請し、南方貿易を独占するチャンスを得られるのだから、暗殺を企《たくら》んでもまったく不思議はない。それに舞踏会の出席者なら、暗殺者を手引きして会場に入れることも容易いはずだ」

そう言ってから、ウィルフレッドはフライトの肩を感謝を込めてポンと叩いた。

「ありがとう、フライト。お前とキアランがこうも尽くしてくれたことを、俺は一生忘れない」

フライトとキアランは、揃って最上級の敬礼で、主の感謝の言葉に応える。だがフライトは、気障な笑みを浮かべてこう言った。

「もちろん、これは第一には旦那様とハル様をお助けしたいという思いからの行動でございましたが……」

「他に理由があるのか?」

「元容疑者としては、この手でマーキス警察を出し抜いてやりたいという思いもございました。ですからこれは、わたし自身の名誉のためでもあります。いただいた賛辞は、それゆえいささかもったいなすぎて……」

「構うものか。動機がどうあれ、使用人の功績を認めるのは主の務めだ。二人とも、今日の屋敷の仕事は気にしなくていい。ゆっくり休んでくれ……と言いたいところだが、その前に一つだけ用事を頼む。エドワーズ警部に、すぐここへ来てくれるようにと」

「かしこまりました。では、御前を失礼いたします」

一仕事やり終えた充実感に満ちた表情で、フライトとキアランは書斎を出ていく。それを見送り、ハルは我慢しきれず、ウィルフレッドに飛びついた。

「やったな、ウィルフレッド！　ついに、犯人とターゲットの目星がついた！」

物凄い勢いのハルを楽々と抱き留め、細い首筋に顔を埋めて、ウィルフレッドも長い溜め息をついた。

「ああ、ようやく重苦しい霧が晴れたような気分だ。しかし、ハル。問題はこれからだ。ケンジー公は、マーキスの大切な精神的支柱だ。一貿易商の私利私欲のために命を落とさせるわけにはいかない。他の五人の犠牲者たちへのせめてものはなむけになるように、彼の暗殺を阻止せねば。もちろん警察と協調した上でだが、俺たちにはそのためにまだ、できることがあるはずだ」

「ああ、こうなったらとことんやろうぜ！」

生気に漲った笑顔で、ハルは頷く。ウィルフレッドは、鬱屈した日々を支えてくれたハルへの深い感謝を込めて、ほっそりした身体を折れるほど強く抱き締めたのだった。

＊　　＊

そして、いよいよ大晦日の夕刻。

ドレッシングルームでフライトに手伝われ、仮面舞踏会用の衣装に着替えるウィルフレッドを少し離れて眺めつつ、エドワーズ警部は笑いを嚙み殺していた。

いや、正確には、殺しているのは声だけで、そのごつい顔には大きなニヤニヤ笑いが浮かんでしまっている。

冬のイメージそのままに、広い肩幅が映えるように仕立てられた純白のシャツを着せつけられながら、ウィルフレッドは恨めしげにエドワーズを睨んだ。

「笑うな。俺だって好きでこんな衣装を着ているわけじゃないんだぞ、エドワーズ」

「へいへい。仮面舞踏会だもんな、冬の王なんて、あんたにこれ以上ふさわしい扮装はないんじゃねえか」

「まったく褒められている気がしない。それより、警察のほうの準備は整っているのか？」

仏頂面で問われ、エドワーズはニヤニヤ笑いを幾分縮小して答えた。

「ああ。あんたたちが調べ上げてきてくれた情報をもとに、裏はとった。それに加えて、ウェントワースの邸宅に密偵を潜り込ませてやったぜ。日数がないんで焦ったが、いい仕事をしてくれた」

「密偵、ですか？　お屋敷の中をうろつけるとなると、メイドかフットマンあたりでしょうか」

フライトは、ウィルフレッドのシャツのボタンを留め、やはり純白のスカーフを襟の上から形よく巻きつつエドワーズに質問する。エドワーズは、ニヤッと笑って頷いた。

「いや、家庭教師だ。信用のおける経験者を送り込んだ」

「いったいどなたです？　警察が、信用して隠密行動を託せる家庭教師経験者など、そう簡単に見つかるとは思えませんが」

ウィルフレッドも、執事の疑問に同感だと言いたげに、エドワーズを見る。するとエドワーズは、少し照れ臭そうに、鼻の下を太い指で擦った。

「女房だよ。結婚前は行儀見習いのために、でっけえお屋敷で音楽の家庭教師の仕事をしてたもんでな。昔取った杵柄《きねづか》ってやつだ」

フライトもウィルフレッドも、その告白には驚いて絶句する。先に口を開いたのは、ウィルフレッドだった。

「奥方をそんな危険な任務に駆り出すとは……」

「でかいヤマだ。必要となりゃ、身内だって使う」

「だが……」

「それに、濡れ衣で酷い目に遭わせたあんたんちの執事が、こうも手助けしてくれたんだ。こっちも全力で応えなきゃならんだろうが」

「………」

皮肉屋のフライトも、さすがに返す言葉を失う。ウィルフレッドは、微笑してそんな執事の呆気《あっけ》にとられた顔を見た。

「よかったな、フライト。お前の働きは、マーキス警察にも深い感銘を与えたようだぞ」

「いえ、わたしは……」

警察のために働いたわけではない、とフライトが言うより早く、エドワーズはこうつけ加えた。

「事件が無事に解決したら、フライトにはマーキス警察から感謝状が贈られることが内定してる。俺の顔を立てると思って、受け取ってもらえりゃ嬉しいね」

「警部……」

呆然としたままのフライトに笑いかけ、ウィルフレッドは言った。

「よかったじゃないか、フライト。また我が家の誉《ほま》れが一つ増えるな」

「……は」

主にそう言われては、そんなものは要らないと突っぱねるわけにもいかない。フライトはなんとも微妙な顔つきで、スカーフの裾を綺麗に整える。

「それにしても先生。無論、市議会議長公邸の内外には、出席者に気づかれないよう、衛士に化けた警察官をぞろりと揃えるわけだが、さすがに出席者に紛れさせるってわけにゃあいかない。上流階級のお歴々がズラリと顔を揃える場だ。いくら俺たちでも、そんな無茶は許されなかった」

「わかっているさ。だから、俺とハルが行くんじゃないか」

ウィルフレッドはこともなげに応じたが、エドワーズはそれでもなお渋い顔をしている。

「とはいえ、あんたと小僧をまたしても事件に巻き込んじまうことは、申し訳ないと思ってる。しかも、要《かなめ》になる役割を果たしてもらわにゃならんしな」

「巻き添えは、もう慣れっこだ。俺もハルも、精いっぱい、上手くやるさ」

そう請け合って、ウィルフレッドは上着に袖を通した。地味好きの彼にとっては、これを着るくらいならいっそ死にたいと思うような派手な上着である。純白の生地には光を受けると宝石のように輝くビーズがたくさん縫いつけられ、襟の代わりには、ギンギツネの毛皮がたっぷりあしらわれている。しかも、上着の肩には、ロイヤルブルーの光沢のあるマントが取りつけられているのだ。

まさに、堂々たる「冬の王」の誕生である。

「ご立派でいらっしゃいます。さあ、仕上げにこれを」

一歩下がって主の全身をチェックし、満足げに頷いたフライトは、ご丁寧にも特注したらしい、王の錫杖《しゃくじょう》をウィルフレッドに差し出した。銀製の長い持ち手の先端には、ダイヤモンドを模した大きなクリスタルガラスが取りつけられている。

「まさか人生で、こんな服装をさせられる日が来るとは思わなかった」

心底げんなりした顔で、ウィルフレッドは鏡に自身の姿を映し、絶望の面持ちになる。エドワーズはいかつい顔を歪めるように笑い、ウィルフレッドの二の腕をパシンと叩いた。

「まあいいじゃねえか。人生、なんでも経験だぜ、先生。で、小僧のほうは……」

そのとき、ノックと共にキアランが顔を覗かせた。

「奥方様のお支度ができました。そろそろご出立を、旦那様」

「わかった。……ではエドワーズ。ことが首尾よく運んだら、会場で会おう」

「おうよ。まあ、協力を求めておいてこう言っちゃあなんだが、本来のパーティも楽しめよ、先生」

「……ありがとう。こんな格好で、楽しめるものならな」

渋面でそう言うと、錫杖を軽く上げて挨拶し、ウィルフレッドはフライトを従えて部屋を出ていった。


「！」

口をポカンと開け、ついぞ見たことがないような間抜け面で言葉も出ないウィルフレッドを前に、ハルはモジモジと俯《うつむ》いて身じろぎした。その幼さの残る顔は、真っ赤である。

「な、なんだよ。なんとか言えよな。つか、先に言うけど、あんたは滅茶苦茶かっこいい。正直、ケンジー公より王様っぽいかもしれない」

「……褒め言葉は嬉しいが、そんな不敬なことは言ってくれるな。いや、しかし」

どうにか口を閉じ、言葉を吐き出しながらも、ウィルフレッドの視線はやけに落ち着かない様子で、ハルの頭からつま先までを行ったり来たりしている。

「なんだよ！」

「なんというか……その、なんだ。実に花の妖精だな。全身、花だらけだ」

「ぶッ」

そんな率直極まりない主の感想に、たまらずキアランは噴き出し、フライトにジロリと睨まれる。ハルは、膨れっ面でウィルフレッドを睨み上げた。

「俺が花をつけてると、あんた、必ず変な顔するよな！　そんなに可笑しいかよ？」

「いや、そういうわけではないが……実に思いきった衣装だ。驚いた」

「うっ」

今度はハルが口ごもる。

ウィルフレッドが感想を言いかねるのも、無理のないことだった。

無論、仮面舞踏会とはいえ格式の高いパーティなので、極度の露出は嫌われる。ハルも、体幹部と太腿まではしっかりした純白のシャツとズボンを身につけ、膝上まである長い編み上げブーツを履いているが、その上に着ているのは、薄くて柔らかい色違いのシフォン生地を何枚も重ねた、実に幻想的な上着である。

長い裾には切れ込みを入れ、歩くたびにリボン状の生地がふわりと揺れるようになっていた。さらに衣装のあちこちに、キアランが手編みしたレースの小花が飾られ、頭にも虹色に染めた花輪が飾られている。

白と暗いブルーで統一されたウィルフレッドの衣装とは対照的に、優しい色彩に溢れた衣装である。しかも背中には、針金の枠に透ける布を縫いつけて作った、大きな蝶《ちょう》の羽根まで取りつけられていた。

「だが……とてもよく似合っている。お前のそんな姿を見るだけでも、この馬鹿げた王の衣装に身を包んだ甲斐があった」

「いや、かっこいいって！　っていうか、早く行こうぜ。俺、こんな格好をしてるとこ、エドワーズのオッサンに見られたくねえし！　何言われるかわかったもんじゃねえ」

そう言って、ハルはまだ赤い顔でウィルフレッドを急《せ》かす。ウィルフレッドは笑いながら、左腕を差し出した。

「では行こうか。……フライト、キアラン、ご苦労だった。皆、もう仕事はしまいにして、それぞれ新年を迎える支度をするといい。明日の朝は、広場で新年を祝う祭があるのだろう？　悪いが、セディを連れていってやってくれ」

「かしこまりました。どうぞ、楽しいひとときをお過ごしになりますよう。そして、くれぐれもお気をつけて」

フライトは恭しく一礼し、キアランはハルの頭に乗せた花冠を直してやりながら、声をかける。

「こんなときだけど、本当に楽しんでおいでよ？　きっと旦那様とハルが、いちばん素敵なカップルだからね」

はにかんで頷き、ハルはウィルフレッドの腕に自分の腕をそっと絡める。エントランスを出ていく寸前、ウィルフレッドはハルに気づかれないよう、階段から自分たちを見下ろしているエドワーズに、軽く視線で合図をした……。


「うう……立ってるとまだマシなんだけど、座るとさすがに苦しいな」

馬車に乗り込むなり、ハルは本当に苦しそうな顔でみぞおちを押さえた。隣に腰掛けたウィルフレッドは、心配そうにハルの顔を覗き込む。

「苦しい？　どうした、具合でも悪いのか？」

「や、そうじゃなくて。久しぶりにコルセットをつけたから、まだ慣れないんだ。息するのが大変だよ」

「コルセット？」

意外な言葉を聞き、ウィルフレッドは思わずハルのほっそりした腰に手をやった。確かに、羽根のようにふんわり柔らかな布地の下に、ガチガチに固いコルセットが触れる。

「これはまた、ずいぶんしっかりしたものを身につけたものだな。しかし、女装しているわけでなし、コルセットなどなくても、お前の腰は十分に細いのに」

「俺も要らないだろって言ったんだけど、キアランが、これをつけておけばシルエットが崩れないし、万が一殴られたり刺されたりしても、こいつが守ってくれるからって。そんなこと言われたら、嫌だって言えないだろ」

「確かに。なるほど、キアランの思いやりか。では、耐えねばなるまいな。パーティが終わって帰ってきたら、俺がコルセットを外してやる」

「頼むよ。……必ず事件を片づけて、二人で帰ってこような」

「無論だ」

力強く頷いたウィルフレッドは、ハルの息苦しさを少しでも和らげようと、繊細な羽根をよけてハルの背中を撫でてやりつつ、逸《はや》る心を落ちつかせるためにほんの数秒、目を閉じた。


壮麗な議長公邸は、年に一度の特別な夜のために、豪勢な数の松明《たいまつ》で明々と照らされていた。仮面舞踏会が行われるホールには、すでに招待客がかなり入っていた。

普段の舞踏会では、招待客はカップルごとに名前を読み上げられてから入場するしきたりだが、さすが仮面舞踏会、表向き、皆、正体を伏せて集まっているので、今夜に限ってそうした紹介はない。皆、三々五々、会場へと入っていく。

ウィルフレッドとハルも仮面をつけ、腕を組んで会場に入った。

二人の仮面は、顔全体を覆うものではなく、軽く目元を隠すだけの小さなものだが、ウィルフレッドの仮面には雪の結晶が描かれ、ハルの仮面には色とりどりの花が描かれている。

キアランは、仮面にもまったく手を抜かなかったようだ。

とはいえ、銀髪で長身のウィルフレッドと、黒髪で小柄なハルの取り合わせは、仮面や仮装程度で正体を隠せるものではない。あっと言う間に他の招待客たちに取り囲まれ、見事な仮装を褒めそやされて、二人はしばらく、苦行としか言い様のない社交に明け暮れる羽目になった。

そんな中でも、仮面をつけているのをいいことに、ウィルフレッドはチラチラと会場のあちこちに目をやった。エドワーズの言うとおり、会場のあちこちに衛士が立っている。衛士も仮面をつけているので顔はわからないが、おそらくかなりの割合、警察官が化けているのだろう。

ようやく二人の周囲から人が消えた頃、そそくさと歩み寄ってきたのは、言うまでもなく市議会議長である。この会場に集《つど》う人々の中で、舞踏会の主催者の彼だけには、事情が打ち明けられている。

秋の収穫祭のダンスのときに男性が着る民族衣装を、うんと派手にアレンジしたものをまとっている市議会議長は、麦の穂をかたどった仮面をつけていた。しかし、でっぷりした身体つきと独特の歩き方で、すぐに彼だとわかる。

「いやあ、ウォッシュボーン君、ハル君、今宵も実に素晴らしい仮装だ。冬の王に花の精とは、まさに君たちにぴったりだな!」

「……これは議長。今宵はお招きいただき、ありがとうございます。……そしてまたしても、厄介事を持ち込み、申し訳次第もありません」

　ウィルフレッドは心から詫びたが、議長は笑ってかぶりを振った。

「君のせいではない。それに、君たちと警察が立てた計画のおかげで、せっかくの仮面舞踏会を中止にせずに済んで本当によかったよ。……おまけに今宵は、ケンジー公の暗殺を未然に防ぎ、不逞《ふてい》の輩《やから》を捕まえようという趣向なのだろう？」

「ええ。マーキス警察も我々も、そのために今日まで捜査、そして準備を整えてきました」

　ウィルフレッドの低い声に、議長もまるで社交的なお喋りをしているような顔つきで、大真面目な言葉を吐き出す。

「しかし、本当に首尾よくいくのかね？　無論、この場で起こることは、最終的にはわたしが責を負う。しかし、ケンジー公にもしものことがあれば、わたしの首だけではとても足りないぞ」

「何が起こるかわからない以上、すべてのことが予定どおりに運ぶとは限りません。ですが、俺もハルも警察も、最善を尽くします」

「ならば心配はないな。警察はともかく、君は妻の命の恩人だ。君に対しては、全幅の信頼を置いておる」

「ありがとうございます」

軽く頭を下げたウィルフレッドと、傍らでかしこまっているハルに、議長は鷹揚《おうよう》に笑ってみせた。そして、通りかかったウェイターから葡萄酒《ぶどうしゅ》の入ったグラスを受け取って二人に勧めつつ、さりげなくグラスを持った指で会場の一角を指し示した。

「あれが、ウェントワース氏だ。今のところ、怪しい動きはないようだね」

議長のコロンとした指が示すほう、広いパーティ会場の中央あたりに、ひときわ目立つ男性がいた。髪は真っ白だが、いかにも実業家らしい恰幅《かっぷく》のよさである。その身体を毛皮と真っ赤なマントに包み、ご丁寧に本物の宝石を散りばめた王冠まで被っている。

「なんだよ、あれ。自分が王様に取って代わるっていう意思表示か？」

ハルは不愉快そうに鼻を鳴らす。ウィルフレッドも、軽く眉をひそめた。

「なんとも不遜な仮装だな。……それで、ケンジー公は？」

「あそこだ。今日は幸か不幸か、おひとりでお見えになっている。ご子息と奥方様は、セイト島で新年をお迎えになるらしい。公も、この舞踏会が終わったら、その足でセイト島に向かわれるとか」

「警護の人間は、お傍にいないようですね」

ウィルフレッドは、少し離れた場所にいるケンジー公をじっと見た。

大柄なほうではないし、決して派手な装いはしていないのに、やはり旧王族、生まれ持った不思議なオーラがあるのだろうか。ゆったりと椅子にかけたケンジー公の姿は、パッと人目を引いた。

六十を少し過ぎたばかりのケンジー公は、ネイディーン神殿の神官に扮していた。ほんの少し舞踏会用に装飾を加えているものの、基本的にはシンプルなデザインの神官の服を、とびきり上質な布で仕立ててみた……という趣向なのだろう。仮面も実に簡素なものだ。

「なんだろ。あっちのオッサンは、キラキラに王様ファッションだけど、ちっとも立派に見えない。でも本物の王様は、神官様の服を着てても王様っぽいな」

ハルの素朴な意見に、ウィルフレッドも深く頷いた。

「それが、人の格というものなのだろう。ハル、今のうちに二人の姿を目に焼きつけておけ。会場内には人がたくさんいる。決して、二人を見失わないようにな」

「わかった！」

ハルは、馬車に乗っているときよりずっと元気な声で返事をした。ようやくコルセットに慣れてきたらしい。

やがて開始時刻が過ぎ、楽隊が賑やかな音楽を奏で始めた。

今日は主賓挨拶も、市議会議長の乾杯の音頭もない。華やかな舞踏会は、いきなり幕を開けた。

「さて、踊りに行くか」

ウィルフレッドは無造作にそう言い、ハルの手を取った。ハルはビックリして、ウィルフレッドの顔を見る。

「踊る？　マジで？　そんな呑気《のんき》なことしてていいの？」

「これも仕事のうちだ」

「仕事のうちって……」

戸惑いながらも、ハルはウィルフレッドに手を引かれ、会場の中程に進み出る。すでに何十組ものカップルがダンスを始めており、ウィルフレッドとハルに気づくと、皆、さっとよけてスペースを作ってくれた。

「では、奥方様」

作法どおりに恭しく一礼して、ウィルフレッドはハルに向かい合って立ち、片手でハルの手を取り、もう一方の手をハルの腰に回す。

最初の頃こそ、舞踏会のたびにダンスの練習に四苦八苦していたハルだが、もうすっかりステップを踏むことに慣れ、たいていのダンスは上手に踊れるようになった。

音楽に合わせ、ウィルフレッドにリードされて優雅に回転しつつ、ハルは囁き声で問いかけた。

「これが、仕事？」

ウィルフレッドは、微笑んで頷く。

「そうだ。仮面のおかげで、多少不躾《ぶしつけ》な視線を飛ばしても、気づかれる恐れはないからな。

踊りながらゆっくり移動して、会場内をくまなく観察する。警察の連中は衛士に化けているから、会場の壁際、しかも指定の場所から離れることができない。踊りの輪に入っている我々だけが、会場の中央から、あちこちを見て回ることができるんだ」

「なるほど！」

「とはいえ、疲れたら言えよ」

「……あんたこそ。俺は若いから大丈夫だよーだ」

「……言ったな？」

ウィルフレッドは片眉を上げると、大きく足を踏み出す。アクロバティックな勢いでターンさせられて、ハルはふわりと背中の羽根を揺らしながら、自然に笑い声を立てていた。

（キアランの言うとおりだ。もっとガチガチに緊張してなきゃいけないと思ったけど、ちゃんと楽しめる。……ウィルフレッドと一緒なら、どんなときだって、俺、楽しめるんだな）

緊張しつつも大いに舞踏会を楽しむべく、ハルはウィルフレッドに導かれるまま、本物の妖精さながらに軽いステップで踊り続けた。


何度か小休止しつつ、十曲あまりも踊っただろうか。ゆっくりした曲調に合わせ、ピッタリと身を寄せて躍りつつ、ハルはあっと小さな声を上げた。仮面の下で、ウィルフレッドの視線が鋭くなるのがわかる。

「いたのか?」

踊りを続けたまま低く囁かれ、ハルは小さく頷いた。互いの顔が至近距離にあるおかげで、ほとんど声を出さず会話できる。音楽に紛れて、すぐ近くで踊るカップルにも、二人の会話は聞こえそうになかった。

「いた。さっき回ったとき、はっきり見えたよ。黒いローブを着た男。フードを下ろしてるけど、目元の黒い仮面がチラッと見えた。ちょうど今、俺越しに見えるはずだ」

「……確認した」

ウィルフレッドは小さく頷くと、踊っている間、腰のベルトにつけていた錫杖を取り、軽く掲げた。会場じゅうに灯されたロウソクの光が、錫杖のてっぺんに取りつけられたクリスタルガラスに反射し、眩《まばゆ》く光る。それが前もって打ち合わせておいた、暗殺者が会場に現れたことを、衛士に扮した警察官に報せる合図である。

錫杖の向きで暗殺者の居場所を示しつつ、ウィルフレッドは素知らぬ顔で踊り続ける。ハルは、人混みに紛れてゆっくり密やかに移動する暗殺者の姿を、ずっと目で追っていた。

暗殺者が移動する先には、一曲も踊らず、ただゆったりソファーに座って歓談しているケンジー公がいる。ハルの目配せで、ウィルフレッドは踊りながら徐々にケンジー公のいるほうへ移動していった。

やがて、暗殺者は突如、ケンジー公の目の前に飛び出した。フードをはねのけ、口を開けて長い犬歯を剥き出しにすると、おどけた仕草で、両手両足を大きく広げてみせる。

最初、突然現れた吸血鬼ヴリュコの扮装をした男に、女性たちは派手な悲鳴を上げて飛びすさった。しかし、ユーモラスな吸血鬼の仕草に、これは招待客のひとりが、ちょっぴり悪趣味だが世間を騒がせているヴリュコに扮し、皆を楽しませようとしているのだと、皆、勘違いしたようだった。

ケンジー公も屈託なく笑いながら立ち上がり、普段なら許されない不躾な乱入者に拍手すら贈る。

すると吸血鬼は、ケンジー公に向かって、「かかってこい」とでも言うように、両手で手招きしてみせた。しかし、その足元はわざとらしい千鳥足で、実に頼りない。吸血鬼を取り巻く人々は、どっと湧《わ》いた。

ケンジー公は、一同を見回し、小さく肩を竦めた。

「おやおや。世間を騒がせる不埒《ふらち》な吸血鬼め、わたしに挑むとは尊大な。思い知らせてやらねばならぬな」

そう言うと、公は神官の持つ短い木製の杖《つえ》を手に持ち、ゆっくりと吸血鬼に近づき始めた。

「ちょ……ウィルフレッド、やばいよ！」

踊りをやめ、人に紛れて成り行きを見守っていたハルは、さすがに焦ってウィルフレッドに囁いた。だがウィルフレッドは、「大丈夫だ」と短く言うだけで、びくとも動こうとしない。ただ、会場のあちこちにいた衛士の姿をした警察官たちが、ジリジリとこちらに集まってくるのが見える。

「ウィルフレッドってば……！」

ハルは思わず前へ出ようとしたが、ウィルフレッドはハルの手をしっかり握り締め、それを許さない。

ケンジー公は、「このわたしが退治してくれよう、悪《あ》しき魔物め！」と芝居がかった台詞を口にすると、木製の杖で、神官がするように、吸血鬼の肩に振り下ろそうとする。

だが、次の瞬間、ずっとふらふらしていた吸血鬼が、凄まじい勢いでケンジー公に飛びかかり、彼を分厚い絨毯の上に押し倒した。そして、がぶりと彼の首筋に噛みついた。

キャーッと、絹を裂くような悲鳴があちこちで上がり、ショックを受けた女性たちが何人も倒れる。こうした血なまぐさい事態に慣れていない男性たちも、案の定パニックに陥り、周囲は逃げ惑う人々が交錯して、大変な騒ぎとなった。

「……ああっ」

絶望的な顔をしたハルの前で、暗殺者はたっぷりしたローブの袖からごく小さな注射器を取り出し、ケンジー公の首にブスリと注射した。

ハルは声にならない悲鳴を上げる。そのときになってようやく、ウィルフレッドが動いた。人々を掻き分けて凄まじいスピードで駆け寄ると、背後から錫杖で暗殺者のうなじを殴りつける。首尾よく暗殺を果たし、わずかに気を抜いた暗殺者は、不意を突かれて呆気なく気絶する。周囲から駆け寄ってきた警察官たちが、たちまち暗殺者を取り押さえた。

倒れた暗殺者のローブに鼻を近づけ、キアランが見つけた布きれと同じ臭いを嗅ぎつけて、ウィルフレッドは、彼が一連の殺人事件の下手人であると確信した。

「意識が戻る前に、しっかりと猿ぐつわを噛ませておけ。自供をとるためにも、決して自害させてはならない」

ウィルフレッドは指示を飛ばし、ハルはケンジー公を抱き起こした。公は手足をダラリと垂れ、首筋の噛み傷からは、二筋、細く血が滴っている。

「しっかりして！」

ハルは声を励まして呼びかけたが、ケンジー公は目を開けない。息はあるようだが、呼吸は酷く弱々しかった。

「ウィルフレッド！　早く手当を！　まだ生きてるんだから！」

ハルの悲痛な声を背中で聞きつつ、ウィルフレッドは、驚愕の表情で動きを止めた人々の中に、薄笑いを浮かべて立っているウェントワースの姿を見つけた。

彼は呆然自失の招待客たちを掻き分け、自分の獲物の最期を見届けようとするように、意気揚々と最前列に出てくる。

それを確かめた上で、ウィルフレッドは仮面を剝ぎ取り、声を張り上げた。

「わたしは検死官、ウィルフレッド・ウォッシュボーンです。皆さん、落ちついてください。ケンジー公はまだ生きておられます。悪辣な吸血鬼は捕らえられました。もう、心配はありません。そしてわたしは、生まれ故郷の北の国から秘薬を持ってきています。息が絶える前に投与すれば、吸血鬼に襲われた人間でも、死なずに済むのです」

朗々とした声が響き渡った途端、ウェントワースの顔色が変わった。

せっかく毒を注射することに成功し、今、憎むべき相手が死んでいくのを楽しく見物するつもりだったのに、目の前の異国人が、突然それを阻もうとしているのである。

「そ、そのような妙薬、本当にあるのですか」

思わずそう言って一歩前に出たウェントワースを真っ直ぐに見て、ウィルフレッドは真面目くさった顔で大きく頷いた。

「もちろんです。今、お目にかけましょう」

「あ、いや、そんな得体の知れぬ薬を、我がマーキスの至宝、ケンジー公に飲ませるわけには！　そうでしょう、皆様がた！」

ウェントワースは慌てて制止しようとしたが、皆、まだ成り行きが飲み込めず、反応する者は誰もいない。

ウィルフレッドは、上着の胸ポケットから取り出したガラスの小瓶を皆に示した後、中の透明な液体をケンジー公の薄く開いた口に注ぎ込んだ。

ほんの数秒で、ケンジー公の呼吸が深くなり、「うう……」と呻《うめ》き声が漏れる。そしてケンジー公は、ぽっかりを目を開けた。

そんな奇跡を目の当たりにして、人々からは感嘆と安堵の声が上がった。ウェントワースの口からは、踏み潰されたカエルのような、奇妙な声が漏れる。

ケンジー公を抱き起こしているハルも、信じられないという様子で、目と口を大きく開けたままウィルフレッドを凝視している。

そのとき、暗殺者のローブを脱がせて調べていた警察官が、ウィルフレッドのもとに小さな注射器を慎重な手つきで持ってきた。

「検死官どの！　暗殺者は、注射器を持っておりました！」

「そうだろうな。ご苦労。そいつのローブを調べろ。どこかに、破れた箇所があるはずだ」

ウィルフレッドは茶色っぽい液体がわずかに残った注射器を無造作に受け取ると、ウェントワースの前に歩み寄った。

「これを見てください。吸血鬼が注射器を持ち歩いているとは、なんとも不思議ではありませんか。いったい、どういうことでしょう」

「そ……そんな、ばか、な」

ウェントワースは、あまりのことに軽くよろめく。

「おっと、危ない」

彼を支えようとするふりをしながら、ウィルフレッドはいきなり、ウェントワースの腕に注射器を突き立てた。

「しまった、注射器が刺さってしまったぞー！」

常のウィルフレッドを知っていれば、さすがにこれは芝居だと気づくだろうが、当のウェントワースは凄まじい悲鳴を上げて注射器をひき抜いて放り投げ、ウィルフレッドに摑みかかった。

「なんということをしてくれたのだ貴様は！　妙薬を！　さっきの妙薬をわたしにもよこせ！　今すぐにだ！」

（ウィルフレッド？　なんだか様子が変だぞ）

さすがにハルも動揺から立ち直り、ウィルフレッドとウェントワースのやり取りに耳をそばだてる。その腕の中で、ケンジー公はむくりと起き上がった。とても、毒を盛られ、かろうじて命を取り留めたようには見えない、どこか楽しそうにさえ見える顔をしている。

ウィルフレッドはやけにのんびりした調子で、ウェントワースに空っぽの小瓶を見せた。

「妙薬は、ケンジー公をお助けするために使ってしまいました。しかし、あの妙薬は吸血鬼専用のものですよ。この注射器に何が入っていたかはわかりませんが、妙薬は効かな……」

「馬鹿者！　この注射器に入っていたのは、毒だ！　猛毒のウーラリだ！　徐々に身体が動かなくなり、息ができなくなる！　さっきのケンジー公のようにな！　そうなる前に、今の薬を出せ！　もっと持っているのだろうが！　早く！」

ウェントワースは蒼白《そうはく》な顔で怒鳴りながら、ウィルフレッドに摑みかかる。だがウィルフレッドは、ウェントワースの両手を軽々と引き離し、そのまま彼を荒っぽく突き飛ばした。

肉づきのいい身体が絨毯の上に倒れ込み、王冠がコロコロと床を転がる。

「自分が毒に冒されたと思うと、人は正直になるものだな。安心しろ、この注射器の中身は、ただの色と草の臭いをつけた薄い塩水だ。貴様が屋敷の書斎に隠し持っていたウーラリは、警察が証拠物件として没収した。密偵が、前もって中身を入れ替えていたのだ」

「な……なん、と」

よろよろと両手を絨毯につき、かろうじて上半身を起こしたウェントワースは、自分の顔や喉、手足に触れて、筋肉がまったく麻痺してこないことに気づいたらしく、ギリギリと歯噛みしてウィルフレッドを見上げた。

ウィルフレッドは、厳しい顔つきで腕組みし、ウェントワースを見下ろした。

「命拾いをしたと思っただろうが、そうはいかんぞ。今の言葉で、逮捕には十分だ。縛り首にもな。貴様はそこの暗殺者を雇い、吸血鬼を装ってケンジー公の首に嚙みつかせた。そして傷口に、このウーラリという特定の筋肉を麻痺させる毒を注射し、暗殺しようとしたんだ。

……エドワーズ！」

「おうよ。バッチリ自供は聞かせてもらったぜ」

衛士の制服を窮屈そうに着込んだエドワーズは、ウェントワースの顔から、惨めにずれた仮面を剝ぎ取った。赤くなったり青くなったりしているウェントワースの顔に、自分の憤怒に燃えた鬼瓦《おにがわら》のような顔を近づけ、押し殺した声で凄む。

「てめえの悪だくみのために、五人の罪もないマーキス市民が犠牲になった。そん中には、俺の部下もいるんだ。取り調べは、そりゃもう充実したものになるぞ。覚悟しとけ。……おい、連れていけ！」

呆然自失のウェントワースを、警察官たちが寄って集《たか》って取り押さえ、縛り上げられた暗殺者と共に会場から連れ出す。

ウィルフレッドは振り返り、ケンジー公の前に片膝を突いてかしこまった。

「ケンジー公、ご協力、まことに感謝いたします。見事なお芝居でした。また、暗殺の手段をはっきりさせるため、御身に傷をつけてしまいましたこと、恐ろしい思いをさせてしまいましたこと、心よりお詫びいたします」

「事前にご了承をいただいていたとはいえ……申し訳、ありませんでしたッ。責任は、すべて俺……違う、わたしにあります！」

エドワーズも、絨毯の上に這いつくばるようにして、ケンジー公に頭を下げる。だがケンジー公は仮面を外し、おっとりした笑顔でこう言った。

「二人とも、何を言うのだ。そなたたちは、わたしの命の恩人ではないか。暗殺される気分を一度味わっておくのも悪くなかったし、死にそうなふりをするのも、なかなか面白かった。首の傷はいささか痛むが、これもよい記念だ。これからしばらく、舞踏会での話題に事欠かぬ。それについても礼を言う」

そう言って、ケンジー公は、傍らにまだ座り込んだままのハルから、ウィルフレッドに視線を滑らせた。

「ウォッシュボーン検死官」

「はっ」

ウィルフレッドは、跪いたままで顔を上げる。ケンジー公は、まさに王者の貫禄たっぷりの微笑を浮かべ、こう言った。

「噂には聞いていたが、そなたの伴侶はまこと可憐《かれん》だな。わたしを抱き起こしてくれた手は、どんな女性より優しかったぞ。……末永く、大切にするのだな」

「……はい」

ウィルフレッドは、ごく自然に深く頭を垂れる。ハルは、どうやら事件が無事に落着したとにようやく気づき、肺が空っぽになるほど深い息をついたのだった……。

「……ったく！　俺は！　凄く！　怒ってるんだからな！」

帰りの馬車の中では一言も口を利かなかったハルは、屋敷に戻り、寝室の扉を閉めるなり、凄まじく怒った顔で怒鳴った。

ウェントワースばかりか、自分まで肝心なことは何も知らされていなかったことに気づいたハルは、激怒してしまっているのである。

ウィルフレッドは、心底困った顔で頭を下げた。

「すまん。本当にすまない。エドワーズと今夜の計画を練るとき、お前には黙っておこうと決めたんだ」

「どうしてだよッ」

「お前は、正直だからだ。それは俺が心より愛するお前の気質だが、こういう企みごとには向いていない。俺たちが芝居を打つことを前もって知っていたら、お前はあんなふうにケンジー公を介抱できなかっただろう？」

「それは……そうだけど」

「お前が必死になったことで、ケンジー公の素人《しろうと》芝居に真実味が加わったんだ。だからこそ、ウェントワースを慢心させ、不意を突くことができた」

そう言われて、ハルの顔から、少しだけ怒りの色が薄らぐ。

「じゃあ……俺も、ちゃんと仕事ができたってこと？」

ウィルフレッドは、ここぞとばかりに頷く。

「当然だ。お前がいなければ、そしてお前があぁ振る舞ってくれなければ、この計画は上手くいかなかっただろう。騙して驚かせ、慌てさせたことは謝る。許してくれ、ハル」

　そう言うと、さっき舞踏会の会場でケンジー公にしたように、ウィルフレッドはハルの前に跪き、その小さな手を取る。恭しく手の甲にキスされて、ハルは頰を染め、膨れっ面をした。

「ずるいぞ！　あんたにそんなことされたら、これ以上怒れないだろ！」

「これ以上、怒らずにいてほしい。機嫌を直してほしいと心から願っている。すまなかった」

　生真面目に詫び続けるウィルフレッドに、ハルは悔しそうに唸った。そして乱暴にウィルフレッドの手を振り払うと、クルリと背を向ける。

「……ハル？」

　不安げに問いかけるウィルフレッドに、ハルは振り向かずつっけんどんに言った。

「コルセット！」

「うん？」

「家に帰ったら、あんたが外してくれるって言ったろ！」

「……ああ」

　ようやく、ウィルフレッドの顔に微笑が浮かんだ。ハルが、自分を許してくれる気になったのだと悟ったからだ。

「外すとも。それは、俺だけに与えられた栄誉だからな」

背後からハルの耳元で囁き、まずは頭の花輪をそっと外す。

何も言わないが、されるがままのハルから背中の羽根を外し、ウエストを縛るリボンを外し、フワフワと柔らかな上着を脱がせ、編み上げブーツを脱がせて、シャツとズボンも取り去る。

そうやってようやく姿を現したきついコルセットの紐を解きつつ、ウィルフレッドは不意に小さく笑った。黙りこくっていることにもさすがに疲れて、ハルは不思議そうに振り返る。

「なんだよ?」

「いや、こうしてコルセットを緩めていると、女装したお前を初めて舞踏会に連れていった夜のことを思い出した。あの夜も、苦しいと訴えるお前のコルセットの紐を大慌てで解き、その後お前を……」

こうして抱き締めた、と言って、器用な元外科医の指はたちまちコルセットの紐を解き、桎梏《しっこく》を取り払うと、ハルのほっそりした身体を背後から抱き締めた。

ウィルフレッドの広い背中に体重を遠慮なくかけ、ハルは恨めしげに言葉を返した。

「あーあー、俺も思い出した！　あんときあんた、俺を抱いてぶん回しながら踊ったよな？未だにご令嬢がたに、あれは羨ましかったって言われるんだからな、俺」

「そんなに羨まれるなら、次の夜会では久しぶりに、お前を抱き上げたままで一曲踊り通してやろうか」

　事件を無事に解決し、珍しく彼なりに浮かれているのだろう。ウィルフレッドはそんな冗談を口にして、本当にハルを軽々と抱き上げ、その場でステップを踏んでみせる。

「うわっ、や、やめろよ！　実行したらさっきどころでなく怒るぞ！」

　口では怒りながらも、ハルの顔もとうとう笑ってしまっている。ウィルフレッドが喜んでいるのを目の当たりにすると、ハルも自然と嬉しい気持ちでいっぱいになってしまうのだ。

　ウィルフレッドの首に両腕を回し、ハルは自分から伴侶の薄い唇を食《は》むようなキスをした。

「いいよ、許す。だからさ。仲直りの印に、今年最後で、来年最初のこと……しよう？」

「望むところだ。こう言ってはなんだが、舞踏会の会場で新年を迎えるより、お前と抱き合って年を越すほうがよっぽどいい」

　ハルの可愛い「赦《ゆる》しとお誘い」に相好を崩し、ウィルフレッドはそのままハルをベッドに運んだ。

　柔らかな毛布の上に下ろされ、コルセットから解放されたハルは、気持ちよさそうに大きく深呼吸した。そんなハルに柔らかく覆い被さり、ウィルフレッドは啄むようなキスを繰り返す。

「ふふっ」

　今度はハルが笑い出し、ウィルフレッドは眉根を軽く寄せた。

「なんだ?」

「ごめん、だけどあんた、まだ『冬の王』の格好のままなんだもん。なんだかホントに、物語の中の『冬の王』に抱かれてるみたいって思ったんだ」

「……そんなにイメージどおりか?」

いささか複雑そうなウィルフレッドの、ここしばらくのストレスで少し痩せてしまった頬を撫で、ハルは笑顔で頷いた。

「物語から抜け出してきたみたいだよ。……でも、当たり前だよな。あんたは寒い寒い北の国から来た、俺だけの王様だもん」

「……俺が王なら、お前は王妃だな。実際は、検死官とその助手だが」

「それだって、解剖室の王様と王妃様だよ」

ウィルフレッドの冗談に冗談で返して、ハルはウィルフレッドの背中にほっそりした腕を回した。

「なあ。あとでフライトに怒られるかもしれないけど、今夜、そのままで抱いてくれよ。俺の、王様」

そうせがまれて、ウィルフレッドは笑って頷く。

「お前が望むなら。誰よりも大事なお前を騙したことへの、ささやかな償いだ。フライトの叱責《しっせき》は、甘んじて俺が受けよう」

そう囁いて、ウィルフレッドは冬の王の扮装のまま、ハルに口づけた。深く唇を合わせ、互いの舌を絡ませながら、ウィルフレッドはハルの身体から柔らかな麻の下着を優しく剝ぎ取った。

「ふ……ん、んんっ……」

早くなる呼吸も、次第に速くなっていく心臓の鼓動も、ハルの若木のような身体は、隠すことなく素直にウィルフレッドに伝える。

「ハル……」

愛《いと》おしげに名を呼び、ウィルフレッドは荒れた手のひらで、そして唇と舌で、ハルのうっすら汗ばんだ肌を啄んでいく。

「お前の首筋なら……吸血鬼ではない俺でも、噛んでみたくなる」

首筋に鼻面を埋めてそう囁かれ、ハルはくすぐったそうに痩軀《そうく》を捩った。

「いいよ、噛んでも」

そう答えると、カリッと首の柔らかな肌に歯を立てられる。ごく軽い痛みが、妙にハルを興奮させた。

「んっ……あんたに、牙がなくて……よかった」

長い黒髪が首筋に乱れかかったさまが、いつもの純朴なハルとは打って変わって、やけに妖艶《ようえん》に見える。

誘われるように、ウィルフレッドは自分の浅い噛み痕をねっとりと舐め上げた。生々しい愛撫《あいぶ》に、ハルは息を詰める。ウィルフレッドの背中に回した手が、艶やかなマントをギュッと握り締めた。

「なんか……あんたが、俺の上で動くと……」

「ん？」

「毛皮が触って気持ちいいんだけど……ちょっと、くすぐったくて、変な感じ」

するとウィルフレッドは、苦笑いでこう言った。

「やはり、せめて上着は脱ぐか。でないと俺は、毛皮にまで嫉妬してしまいそうだ」

「え？」

「俺の身体以外のものが、お前を感じさせるなど、許せないからな」

そう言って、ウィルフレッドは素早くマントごと上着を脱ぎ捨てる。再び組み敷かれ、ハルは力強い腕の中で可笑しそうに笑った。

「なんだよ、それ。もう、あんたのヤキモチは天井知らずだな」

「それも、お前を愛するがゆえだ。仕方があるまい」

自分の悋気をさらりと正当化して、ウィルフレッドはハルの、緩く頭をもたげたものに触れる。

「うっ……、い、いきなりっ」

「予告されても戸惑うだろう。というか……これは、毛皮の仕業か？」

触れられる前から軽く反応してしまっていることを指摘され、ハルは耳まで真っ赤になる。

「ちがっ……」

「では、なんのせいだ？」

ゆるゆると芯を包み込んだ手を動かしながら、ウィルフレッドはやけに低く掠れた声で問い詰めてくる。直接与えられる鋭い快感に、身体じゅうの血液がそこを目指して流れ込んでいくのを感じながら、ハルは泣き出しそうな声で「あんた、の」とどうにか言った。

「俺の？　俺のなんだ？」

さらに追及しながら、ウィルフレッドのもう一方の手は、ハルの後ろに回る。小さく浮いた椎骨《ついこつ》を辿り、丸みのある引き締まった尻を果物に触れるように大きな手のひらで撫で、そしていたずらに尻の谷間をなぞる。

「ふ……あっ、あんたの、体温とか……っ、匂いとか、感じただけで、色々これからのこと、想像しちゃって……」

もどかしい触り方をされ、切なげに身を捩りながら、ハルは切れ切れに答える。まるでいたいけな蝶を捕らえていたぶっているような罪悪感に駆られ、ウィルフレッドはサイドテーブルの引き出しから、手探りでオイルの小瓶を取り出した。

百合の香りをつけたオイルを指にたっぷりと絡め、それで固い窄《すぼ》まりを宥めるように撫でる。

「……ふっ……く」

指が差し入れられた瞬間、ハルの身体がピクンと震え、強張る。何度肌を合わせても、このときの違和感だけは、どうにも慣れないものらしい。

「……すまない」

まるでさっきの謝罪の続きのように詫び、それでもウィルフレッドは、侵入を拒む粘膜にオイルを塗り広げるように、ハルの中でゆっくりと指を動かす。

そのあとに訪れるものをすでに知り抜いているハルの身体は、少しずつ貪欲《どんよく》になり、ウィルフレッドの指を食い締め始める。

「……あんた、も」

抜き差しされる指の刺激に息を弾ませ、微かな声を漏らしながらも、ハルはウィルフレッドのズボンの前をくつろげた。熱くなり始めたものを手探りで搔き出し、両手で優しく愛撫し始める。

ハルの手の中で、ウィルフレッドのものはゆっくりと形を変え、熱を増した。先走りがハルの指を濡らし、愛撫の手は次第に滑らかに動くようになる。

軽く息を弾ませ、ウィルフレッドはハルの熱い耳たぶを軽く食んで囁きを落とした。

「なるほど、ケンジー公のおっしゃるとおりだ。お前の手は……どんなに荒れていても、優しいな。これでは、ケンジー公にまで……」

「嫉妬すんな！　あんたのを触ってるときのほうが……百倍優しい……っはず、だし！」

「百倍では足りない」

欲深い言葉を返し、ウィルフレッドはハルの中から指を抜いた。そして、ハルの手を優しく自分のものからどける。

「ん……」

ウィルフレッドの意図を察して、ハルは恥じらいながらも、自分からすらりとした脚を広げた。

「……来いよ。千倍、優しくしてやるから」

そんな挑戦的な台詞を吐き、ハルは両手を広げてみせる。

「そう、煽《あお》ってくれるな。俺だって今夜は、お前に優しくしたい」

眉尻を少し下げた笑顔で「降参だ」と告げて、ウィルフレッドはハルが昂ぶらせた己の熱を、柔らかく解れた場所にあてがった。そのまま体重をかけると、ハルは鼻にかかった声を漏らしながらも、ゆっくりとウィルフレッドを受け入れていく。

柔らかく、温かいハルの身体の奥底をゆっくりと味わいながら、ウィルフレッドは汗で頬に貼りついたハルの黒髪を、優しく払いのけた。潤んだ黒い瞳が、快楽に淡くけぶって、ウィルフレッドの暗青色の瞳を見上げてくる。

「つらくは、ないか?」

問われて、ハルは少し苦しげにしつつも「大丈夫」と答えた。本当だと言うように、ハルの細い両脚が、ウィルフレッドの腰にギュッと絡められる。

苦しさを少しでも感じさせないようにと、ウィルフレッドは中途半端に昂ぶらせたままだったハルの花芯に再び触れた。緩やかに手のひらで愛撫しながら、穏やかに腰を動かし始める。

「……っ、あ」

甘い声を上げ、ハルの背中がしなやかに反る。ウィルフレッドが、たまらなく美しいと感じる曲線だ。

細い腰を片手で支えて、いつしか身体で覚えた、ハルが歓《よろこ》ぶ角度でゆるゆると突き上げてやると、たまらず高い声が上がった。

気性そのままに、恥じらいながらも、ハルの身体は素直に感じていることを伝えてくる。

しっとり汗ばんだ象牙色の肌は滑らかで、余計な肉など一欠片もついていない脇腹は、不思議なほどに柔らかく手のひらに馴染む。

「う、あ、あっ、は」

次第に、ハルも快感を追い、ウィルフレッドの動きに合わせて、小さく腰を揺らし始める。

悪戯心を起こしてわざとタイミングをずらすと、ハルは抗議するように、シャツの上からギュッと爪を立てた。

「……すごく……んっ、いい、けど、もう……」

つらい……と懇願するように喘ぎ交じりの声を上げ、ハルはウィルフレッドにしがみつく。ウィルフレッドの手の中にあるハルのものも限界まで張り詰め、解放を願っていた。

フライトやキアランほどの遊び上手なら、ここで快感をはぐらかして駆け引きを楽しむのだろうが、無骨な自分にも、おそらくはハルにも、そういう手管を身につける日は来ないだろう。

そんなことを頭の片隅で考えながら、ウィルフレッドもまた、本能の命じるままに、抽《ちゅう》挿《そう》を深く、速くした。

「あっ、あ、ああっ……ぁ」

ハルの声が忙しく、高くなり、やがて掠れた悲鳴のような声と共に、全身が大きく震える。放ったものがハルの肌に飛び散ると同時に、絶頂を迎えた粘膜が、ウィルフレッドを絞り取るように強く締めつけた。

「……くッ」

こらえきれず、ウィルフレッドも低く呻いて息を止める。ビクビクと自分の身体の奥深い場所で震える恋人の楔《くさび》を感じつつ、ハルは舞踏会が始まって以来、初めて全身を弛緩させ、身体じゅうでウィルフレッドの重みを受け止めたのだった。

やがて、まだ荒い呼吸が整わないままの二人の耳に、遠くからでも不思議と響く、ネイディーン神殿の鐘の音が聞こえた。

新年の訪れを告げる鐘の音は、ネイディーンを表す数である三十六回、鳴り続ける。

ウィルフレッドの腕に頭を預け、もう一方の腕でしっかりと裸の腰を抱かれたハルは、まだ埋み火のような熱を帯びた声でウィルフレッドに言った。

「新年おめでとう、ウィルフレッド」

「ああ、新年おめでとう。新しい年も、互いにとって実り多き、よい一年であるように」

挨拶を返し、ウィルフレッドはハルにしっとりと口づける。それから彼は、ハルを抱いたまま、ごろりと寝返りを打った。

ウィルフレッドの上に覆い被さる形になったハルは、軽く戸惑いつつ、恋人のどこか悪戯っぽい笑顔を見つめる。

「……何？」

「さっきお前は言ったな。今年最後で、来年最初のことをしようと。年の最後は済ませたが、最初がまだだな」

「あっ」

せっかく汗が引き始めた身体が、ウィルフレッドの実に直截的な「もう一度」という誘いに、浅ましいほど素直に火照り始める。

「……バカ。でも……いいよ。しよう」

今日は新年一日目で、何があっても仕事は入らない。

疲れ果てるまで互いを貪って、抱き合ってぐっすり眠って、それから二人で新年の祭を覗きに行こう。今度は素朴な田舎風の踊りの輪に加わるのもいい。

ウィルフレッドが望むなら、一曲だけ、抱き上げられたまま踊っても構わない。

そんな言葉を声に出さなくても、今ならウィルフレッドにすべて伝わる気がする。

ハルはウィルフレッドのたくましい身体の上で伸び上がると、何か言いかけた彼の唇に、猫の子がじゃれるようなキスを仕掛けた……。

*　　*

それから二日後。

ハルとウィルフレッドから贈られた上等な服を身につけたセディは、両目を真っ赤に泣き腫らし、ウォッシュボーン邸の前に立っていた。

ダグとポーリーンが新年の短い休暇を取るのに合わせて、セディも家に帰ることになったのである。休暇が明ければブリジットが復帰してくるので、セディは再び、田舎で家族と暮らすことになる。

「ほら、もう泣かないの。せっかくの晴れ着がお前の鼻水で汚れるだろ？　それにお前がそんなに泣くから、ハル様までもらい泣きしておしまいだよ」

こちらは他の使用人たちと交代で休暇を取ることになっているキアランが、からかうようにそう言って、自分のハンカチでセディの涙でぐちゃぐちゃになった顔を拭いてやる。

「泣いてねえし！　別にこれで一生会えなくなるわけじゃないんだからさ」

そう言い張りつつも、ハルの目も潤んでしまっている。

「うっ……お、おせわに、なり、ましたっ」

しゃくり上げながら、セディはウィルフレッドとハルに深々とお辞儀をする。フライトとキアランに教えられた最敬礼より、なお深い。膝小僧に額がつきそうだ。

ウィルフレッドが彼らのために手配した馬車に荷物を積み込んだダグとポーリーンも、主たちに向かって礼をした。

「そいじゃ、セディは俺が寄り道して家まできっちり送っていきますんで、安心してくだせえ」

「私も途中まで一緒に参りますし」

二人の頼もしい言葉に、ハルは安心したように頷く。

「よろしく頼むな。ブリジットにも、帰りを楽しみにしてるって伝えてくれよ、ダグ」

「へえ、必ず。さあ、セディ。馬車に乗んな」

ダグに促されてようやく頭を上げたセディに向かって、それまで無言だったウィルフレッドがおもむろに口を開いた。

「セディ。君がそうしたければ、という前置きは必要なのだが……」

「はい？」

見上げてくる少年に、微妙な照れ顔で両手を後ろに回し、ウィルフレッドはこう告げた。

「復帰してても、ブリジットには補佐が必要だろう。俺は君を、料理番の助手として、正式に我が家に迎えたいと思っている」

「えっ⁉」

あまりにも突拍子もない申し出だったのだろう。セディの涙がピタリと止まる。同時に、動きも完全停止して、両手を軽く上げたまま、人形のように固まってしまった。

ウィルフレッドの傍らに立ち、ハルも笑顔で言葉を添える。

「俺、ずっと、俺以外の奴がウィルフレッドの食事を作るなんて絶対嫌だって思ってたけど、お前ならいいよ。だって、短い間だったけど、お前は俺の弟子だもん」

「ハル様……」

「だ、そうだ。君がもし、これからもこの屋敷で働きたいと願ってくれるなら、休暇中も引き続き、料理の勉強をするといい。ブリジットという優れた先生が君にはついているんだからな」

「旦那様……」

セディの両目から、再び……しかし今度は喜びの涙が溢れ出す。ダグとポーリーンも、驚きつつも嬉しそうな笑顔を交わした。

「ああ、別に返事は今でなくても……」

「戻ってきます！　なります、祖母ちゃんの助手！　僕、凄く頑張りますから！」

「そうか」

セディの即答に、ウィルフレッドは厳しい顔をほころばせた。

「では、泣いている暇はないぞ。帰って早速、ブリジットに君の決意を伝えなさい。そして、休暇明けにはブリジットと共に、この屋敷に戻ってくるように」

「……はいっ！」

もう一度ペコリと頭を下げ、セディはいつもの笑顔になった。身体全体で喜びを弾けさせ、鉄砲玉のような勢いで馬車に飛び乗る。

「……やれやれ。わたしの仕事は当分減りそうにないな」

主たちに聞こえないようにこぼしたフライトに、「いいじゃないの。意外と楽しそうだよ、セディを叱り飛ばしてるときのあんた」とキアランは笑顔で囁く。

「帰ってくるの、楽しみにしてるからな！」

ウィルフレッドの腕に片腕を絡めたハルは、もう一方の手を走り出した馬車に向かって大きく振った。

三人を乗せた馬車は、ガラガラと音を立てながら、石畳の道路を走っていく。

ウィルフレッドとハル、そして後ろに控えたフライトとキアランは、休暇中にブリジットの特訓を受け、ほんの少し成長したセディとの再会を楽しみに、馬車が坂を登り切って見えなくなるまでじっと門前に佇《たたず》み、見送ったのだった……。

あとがき

こんにちは、椹野道流です。

久しぶりの「作る食う」シリーズ新刊をお届け致します。

今回、なんだか妙にラノベっぽいタイトルとコスプレ表紙に「えっ?」と思われた方も多いのではないでしょうか。私も担当さんも、このタイトルどうよ……と思いつつも、内容を端的に表すなら、これ以外にないという結論に。

中身はいつものハルとウィルフレッドなので、あとがきから読まれる方も、どうぞ安心して本編にお進みください。

ヨーロッパの民俗学でいちばん興味を惹かれることといえば、やはり吸血鬼でしょうか。調べれば調べるほど、これまで自分が抱いていた近代ドラキュラのイメージが次々と覆されていくのがとても面白いです。

本来の吸血鬼は、作中に出てきたように、本当に「網目を数え始めたら止まらなく」

なったりするので、可愛いとさえ思えます。勿論、怖いときは怖いんですが。

シリーズを通して、ずっとイラストを担当してくださっている金ひかるさん。唯一の機会と思われる二人の仮装を素敵に描いてくださって、ありがとうございました……！以前、雑誌の表紙用にメイド姿のハルを描いてくださったことがあり、どちらも甲乙つけがたく可愛いハル、そしてかっこいい旦那様です。

また、担当Sさんをはじめ、本が読者さんの元に届くまでお世話になったすべての方々にも、お礼を申し上げます。

そして、シリーズをずっと愛してくださる方、あるいは今回初めてお手に取ってくださった方にも、心からの感謝を。楽しんでいただけましたでしょうか。

また、いずれかのシリーズで、近いうちにお目にかかります。それまでどうぞお元気で！

椹野　道流　九拝

本作品は書き下ろしです

椹野道流先生、金ひかる先生へのお便り、
本作品に関するご意見、ご感想などは
〒101-8405
東京都千代田区三崎町2-18-11
二見書房　シャレード文庫
「吸血鬼（仮）と、現実主義の旦那様」係まで。

CHARADE BUNKO

吸血鬼《きゅうけつき》（仮《かっこかり》）と、現実主義《げんじつしゅぎ》の旦那様《だんなさま》

【著者】椹野道流《ふしのみちる》

【発行所】株式会社二見書房
東京都千代田区三崎町2-18-11
電話　03(3515)2311[営業]
　　　03(3515)2314[編集]
振替　00170-4-2639
【印刷】株式会社堀内印刷所
【製本】ナショナル製本協同組合

落丁・乱丁本はお取り替えいたします。
定価は、カバーに表示してあります。

ISBN978-4-576-14094-0

http://charade.futami.co.jp/